天(あめ)地(つち)の方程式 1

富安陽子
五十嵐大介 画

講談社

天(あめ)と地(つち)の方程式 1

富安陽子

目次

装画　五十嵐大介
装丁　永井亜矢子（陽々舎）

天地初めて発けし時、高天原に成りし神の名は、天之御中主神、次に高御産巣日神、次に神産巣日神。この三柱の神は、みな独神と成りまして、身を隠したまひき。次に国稚く浮ける脂の如くして、海月なす漂へる時、葦牙の如く萌え騰る物によりて成りし神の名は、宇摩志阿斯訶備比古遅神、次に天之常立神。この二柱の神もみな独神と成りまして、身を隠したまひき。

――『古事記』

1 夢

田代有礼(たしろあれい)は、おかしな夢を見た。猿(さる)と見つめあう夢だ。サル目(もく)オナガザル科のニホンザルだ。学名はMacaca fuscata(マカカフスカタ)――。しかし、ニホンザルにしては、ずいぶん大きいやつで、体格は十三歳(さい)のアレイと競(きそ)うほどだった。

そのでかい猿は夜ごとアレイの夢に現れた。アレイをじっと見つめたあと、なにかしゃべる。聞きとれない言葉に、「は？」と聞き返したところで、いつも目が覚めた。もう六日も同じ夢が続いている。いや、正確には同じではない。見るたびに、猿は少しずつ、アレイのほうに近づいてきていた。

ゆうべなど、アレイと猿との距離(きょり)は、もう数歩と離(はな)れていなかったはずだ。いつものように、猿はじろじろとアレイの顔を見つめたあと、くぐもった声でなにか言った。猿の言葉の最後がアレイの耳に届いた。

「……に、来い」

「は？」

そう聞き返して、また目が覚めた。

……ったく。なんなんだよ。どうして猿なんだ？　ぜひ、フロイトに聞きたい。でかい猿がしつこく出てくる夢の暗示するものを。

いくら考えてみても、猿の夢をくり返し見るようになった原因には、まったく心当たりがなかった。

そして、ついに七日目の今夜、猿はアレイの真ん前にやってきた。二本足で立ちあがり、両手をだらりとたらし、猿は赤面をこっちにつきつけるようにして、じろじろとアレイの顔を見つめた。猿の体を覆うふわふわとした毛が、今にもアレイの頬に触れそうで、くすぐったかった。赤い顔に刻まれたしわの一本一本まで、はっきりと数えることができる。

まじめくさった顔で、アレイを見つめていた猿は、やがて、くぐもった声で言った。

「クロスの丘に、来い」

「は？」

アレイは、やっぱり、そう聞き返していた。

そのとたん、ベッドの中で目が覚めた。冬の夜明け前の冷たい闇が、部屋の中を満たしている。闇の中でアレイは、夢で猿が告げた言葉を、小さく声に出してつぶやいてみた。

1　夢

「クロスの丘に、来い――？」

白い息が、闇に吸いこまれて消えた。頭の中にひとつのイメージが浮かぶ。――十字架にかけられたイエス・キリスト。イエスは、ゴルゴタの丘で磔刑に処せられたのだ。

しかし、猿がアレイをゴルゴタの丘に誘うだろうか？　どう考えたって、猿といっしょにエルサレムまで行けるはずがない。パスポートもないし……。

意味のないことを、あれやこれや考えているうちに夜が明けた。眠い目をこすって顔を洗い、朝ごはんを食べにダイニングに入っていくと、めずらしいことに父親がすでに食卓についていた。

出版社に勤めるアレイの父は、フレックスタイムだかなんだか知らないが、とにかく、アレイたちよりずっとゆっくり起きだしてくるのが常だった。その父が、どうして今日に限って、食卓でもうスタンバっているのだろう？　アレイは落ちつかない気分になった。日常のリズムの乱れはいつもアレイを不安にさせる。アレイは定まった日々を定められた手順で暮らすのが好きだった。

「え？　パパ、なんでもう起きてんの？」

アレイのあとからダイニングに入ってきた妹の明菜が、びっくりしたように、たずねた。

「アレイ、アキナ。そこに、座りなさい」

父親は、質問には答えず、そう言った。

いやな予感がする。

朝食の席につこうとやってきたアレイたちに、わざわざ「座れ」と指示を出すのには理由があるはずだ。たぶん、父は今からなにか、ややこしい話を切りだそうとしているのだ、とアレイは思った。「座れ」という指示は、その話が長くなることを予告しているようだった。

アレイとアキナが食卓につくのと同じタイミングで、キッチンに立っていた母も席についた。

なんだ？　これ……。朝から家族会議かよ。

アレイは、うんざりしながらため息をつき、ちらりと妹のアキナを見る。

こいつが、なんか、やらかしたのか？　と思ったからだ。しかし、アキナもまた、まったく同じ非難と疑惑に満ちた目でアレイのことをにらんでいた。

俺じゃないって、と心の中でつぶやく。

「じつは、ひとつ、おまえたちに、伝えないといかんことがある」

そう言ったきり、父が黙りこんだので、アレイの頭の中には、次々に悪い想像がふくらみはじめた。

会社が倒産？　会社をクビになった？　会社の金を使いこんでいてそれがバレた？　それと

も、浮気でもしていたのがバレて……。

そのとき、父の横から母がズバリと言った。

「あのね、お引っ越しすることになったのよ。新しい一戸建てのおうちを買うから」

「えーっ！」と、アキナが金切り声をあげた。

「引っ越しって、学校は？　学校は、どうなるの⁉」

「転校するのよ」と、母が言ったとたん、アキナが叫びはじめた。

「いやだ！　やだ！　やだ！　やだ！　絶対に、やだ！　転校なんて、したくない！　南小が、いい！」

「なに、言ってるの」

母は平気な顔をしている。

「引っ越すんだから、しょうがないじゃないの。新しいおうちから南小へは通えないんだから」

「いやだ！　ミコちゃんや、トモちゃんと、離れ離れなんて、絶対、やだ！」

アキナが涙声になって、しくしくやりはじめた。アレイと父は、やれやれというように視線を交わしたが、母は少しもひるまない。

「お友だちとは、学校が違っても、またいっしょに遊べばいいでしょ？　そんなに遠くに引っ越すわけじゃないんだから。バスに乗れば三十分ぐらいよ。ミコちゃんにも、トモちゃんにも、新しいおうちに遊びに来てもらえばいいわ」

アキナは食卓の前でふてくされてうつむいたまま、目も上げようとしなかったが、母は明るい声で言葉を続けた。

「ほら、アキナも、この前、新聞の折りこみチラシ見てたでしょ？　こんなおうち、ステキって言ってたじゃない。あの広告の町に引っ越すのよ。新しくできる『栗栖台ニュータウン』の新築の一戸建てを買うことに決めたの。学校も四月から始まる新しい学校なんですって。小中一貫の九年制の学校なのよ。アキナ、お兄ちゃんといっしょに学校に通えるわよ」

「お兄ちゃんといっしょの学校なんて、行きたくない！」

吐き捨てるように叫ぶ妹にむっとしながら、アレイは心の中で言い返した。

とーぜん。こっちだって、かんべんだよ。なんで小学生の妹とおんなじ学校に行かなきゃなんないんだよ。

母が荒れるアキナをそそのかすように言った。

「新しいおうちに引っ越したら、アキナの新しいお部屋もあるのよ」

ちなみに現在アキナは、客間兼父の書斎と呼ばれる四畳半に布団を敷いて寝ていた。アレイが小学生の間は、兄妹ふたりで使っていた六畳の子ども部屋から追いだされたことを、アキナはずっと根に持っていた。

うつむきっぱなしだったアキナが、ちらりと目を上げたのを見逃さず、母はさらに畳みかける。

「今度のおうちには、お庭だってあるのよ。ひょっとしたら、ペットも飼えるかもね」

「ほんと？」

ついにアキナは母の言葉に心を動かされたようだった。しかし、優れた策士である母は、それ以上多くを語らず、ただ余裕のほほえみを浮かべてみせるだけだった。

「とにかく、アキナも、お兄ちゃんも、きっと新しいおうちが気に入るわよ。今より、ずっと広くて、ぴかぴかなんだから。町もできたてだし、学校も新品よ」

「なんていう学校？」

アキナがたずねた。母がにこやかに答える。

「栗栖の丘学園」

「え？」

今まで、一度も口を開くチャンスのなかったアレイは、そのとき初めて言葉を発した。

「なんの丘？」

母がアレイのほうを見て、もう一度ゆっくりと学校の名を告げた。

「く、る、す、の、丘。栗栖の丘学園よ」

「くるすの丘?」

そうつぶやいたとき、アレイの脳裏には、夢の中のあの猿の赤面と、くぐもった声がよみがえっていた。

――クロスの丘に、来い――。

あれは、本当に「クロス」だったろうか? 猿は、くぐもった声で「クロス」ではなく、「くるす」と言ったのではなかったろうか?

――くるすの丘に、来い――と。

黙りこんでいた父が、やっと口を開いた。

「引っ越しは春休みだ。ふたりとも、自分のものは自分でかたづけて、引っ越しの準備をしておけよ」

アレイは父に生返事を返しながら、夢と現実の不思議な符合に心を奪われていた。

くるすの丘に、来い――。そうだ、やはり猿はそう言ったのだとアレイは思った。

あいつは、俺をエルサレム観光に誘いに来たんじゃない。俺に未来を告げに来たんだ。

そう思ったら、ちょっと背筋が冷たくなった。ざわつく心をはぐらかすように、アレイは窓の外に目を向けた。食卓に射しこむ、たよりない朝の光の中には、かすかな春の気配がにじんでいるようだった。

アレイの十三歳の冬は終わり、今、新しい季節が始まろうとしている。アレイは、その季節の向こうになにが待っているのか、まだ知らなかった。

2 Q（キュー）

栗栖台ニュータウンは、すっぽりと春の霧に包まれていた。この町には、明け方と夕方、よく霧が出る。白く濃い霧は、町の北側に連なる山々のすそ野をかすめ、東側を流れる栗栖川に向かって広がり、南にある鏡池を覆い隠し、西側を通る国道の方角にも流れだしていた。霧の波間のところどころには、大きく盛りあがった丘の頂や、背の高い建物が頭をのぞかせ、朝の光に輝いている。もう少し太陽が高くのぼれば、霧はすっかり消えてしまうだろう。すると、白いベールに隠されていた栗栖台の町が、くっきりとその姿を現す。

アレイたちがニュータウンに引っ越してきて、もうじき二週間になろうとしていたが、栗栖台はまだ、町とも言えないような姿をしていた。ほとんどの道路が開通し、骨格こそできあがっていたものの、掘り返され、むきだしになったままの地面が、いたる所に広がっている。家やビルが建っているのは町の中心部だけ。しかも今はまだ、モノレール駅の北から西にかけての一部の地域に限られていた。そんな、未完成の町の中心に堂々と建っているのが、栗栖の

2
Q

丘学園というアレイたちの学校だった。

　今年の三月で、アレイとアキナは、それぞれ、中学一年生と小学四年生の課程を修了していた。普通なら四月からは、中学二年生と小学五年生に進級するはずだったのだが、小中一貫・九年制の栗栖の丘学園には、小学校と中学校の区別はない。だから新しい学校では、アレイとアキナは、八年生と五年生に在籍することになった。

　引っ越してからの二週間はアレイにとって最悪の日々だった。そもそも、アレイは、変化というものが嫌いだ。できることなら、同じことを、同じようにくり返して、毎日が過ぎていけばいいと願っている。――それも、儀式めいた正確さでくり返す毎日が好きなのだ。

　朝、玄関を出るときには必ず、右足から外に踏みだし、きっかり六百二十歩で校門の前にたどりつく。校門を入るときも、やはり右足から踏みだし、百十六歩で昇降口に到着すると、また右足から踏みだして校舎に入る。いつも同じ足から一歩を踏みだし、いつも同じ歩数で目的地にたどりつく。これがアレイのルールだった。

　毎朝、朝食には、決まった陶器のボウルに決まった分量のシリアルを入れ、きっかり三百ミリリットルの牛乳を注いで、決まったスプーンで食べる――それが、アレイのルールなのに、母はなんと、引っ越しの荷づくりのときに、その陶器のボウルを割ってしまった。

　アレイは叫びたい気持ちをぐっとのみこみ、母が新調したセラミックのボウルを受けいれた。情けない気持ちで……。

　四月七日の開校式の日にも、よくないことが起こった。

新しい家から新しい学校までの距離は、以前の中学より、ちょっと遠かった。無意識に学校までの歩数を数えていたアレイは、七百十一歩で校門の前に到着してとまどった。奇数の歩数でたどりついてしまうと、次は、左足を踏みだして、校門の中に入ることになる。

　それは、まずい。なにがまずいのかは、よくわからないが、アレイにとって一歩目を左足から踏みだすというのは、服を後ろ前に着て出かけるのと同じぐらい気持ちの悪いことだった。だからアレイは、その日、校門の前で思わず足を止め、気を取り直して、新しい学校の中に右足の一歩を踏みだそうと呼吸を整えた。

　そのとき。何者かが、アレイに思いっきり体当たりをくらわせながら、校門の中へ駆けこんでいったのである。よろめいたアレイは、踏みとどまりながら、ハッと足元に目を落とした。左足がすでに、校門の中に入っている。

　新しい学校の、第一日目の、第一歩を、左足から踏みだしてしまったという事実に愕然としながら、アレイは、自分をつきとばしたやつの後ろ姿を目で追った。

　ひょろりと背の高い少年。学園の制服である紺のブレザーにグレーのズボンをはいている。ぶつかられたときにちらりと見えたネクタイの色は緑だった。と、いうことは、アレイと同じ

2
Q

八年生か一級上の九年生ということになる。この学園の制服のネクタイは二学年ごとに色分けされていて、六、七年生はえんじ、四、五年生は青というふうに決まっているのだ。ちなみに三年生以下の学年は制服を着用せず私服登校である。

　飛びはねるような足取りで遠ざかっていく、のっぽの少年の背中をにらんだまま、アレイは、叫びたい気持ちを、またまた、ぐっとのみこみ、学校の中へゆっくりと入っていった。

　開校式会場の体育館入り口には、集合場所を示す図と、全校生の名簿が貼りだされている。驚いたことに、栗栖の丘学園の生徒数は、一年から九年まで合わせても、たったの七十一名だった。いちばん人数の多いのが新一年生で、男子十一名、女子十四名の計二十五名。あとは、どの学年も十名にも満たない。

　特に少ないのが、アレイたちの八年生と、ひとつ上の九年生の学年だった。アレイの学年は、男子二名と女子一名の計三名。九年生は、男子二名のみ。

　問題は、八年生の男子二名のうちの一名が、あの、校門でアレイにぶつかった、ひょろりと背の高い少年だったことだ。もっと問題なのは、そいつが、Qだったことである。

　Qというのは、もちろんあだ名だ。本名は厩舎修。以前アレイが通っていた中学校の隣の中学のやつだったが、この近隣の中学生でQの名を知らぬ者はない。

　中一のときから、さまざまな模試や実力テストの数学でつねに満点を取り、トップを独走し続ける男。成績順位表の一番目に毎回記される「厩舎」というめずらしい名字は、いやでもみんなの目を引いた。

小学三年生のときすでに、八桁どうしのかけ算を楽々とこなしていた……とか、中一のときには大学入試用の数学の問題集を笑いながら解いていた……とか、学力テストの問題のミスを瞬時に見つけ、試験会場でおこりだしたとか……。うそとも本当ともつかないうわさが、アレイたちの中学にも流れてきていた。

おそろしく数字に強く、とんでもなく数学ができ、そしてなぜか、とてつもない馬鹿だというのが、Qの評判だった。どうやら、数学以外の能力が著しく欠如しているらしい。とにかく、もの覚えがやたらと悪くて、クラスメイトや先生の名前すら、おぼつかないというのだ。あるとき、担任の英語の授業で指名されたQは、立ちあがると、まじまじとその先生の顔を見つめ、「どちらさまでしたっけ？」とたずねたという。本当に担任の顔がわからなかったのか、英語の授業中だというのに、なにやら難解な数学の問題にでも心を奪われていて、自分の置かれた状況がわからなかったのかは不明だ。

しかし確実に言えることは、Qが、大変な変わり者だということだった。

そんなやつと同じクラスになるだけでも災難なのに、栗栖の丘学園八年生は、たった三人。クラスに三十人もメンバーがいれば、やっかいなやつを避けて通ることもできるだろうが、三人きりとなれば、お互(たが)い関わらずにすむはずがない。

アレイは、八年生のもうひとりの男子の名が厩舎修だと知ったとき、人違(ひとちが)いであってくれと心に念じた。だが、その願いはすぐに打ちくだかれた。

学年ごとに集合して開校式を待つ間、Qは初対面のアレイにいきなり、こんな質問を投げかけてきたのだ。

「おまえさ、４０７と３５０、どっちが好き？」

アレイは、とまどいながらQを見た。ほかにもっとまともな質問があるだろう——せめて「邦楽(ほうがく)と洋楽」とか「野球とサッカー」とか「和食と中華(ちゅうか)」だっていい。４０７と３５０の比(ひ)較(かく)基準って、いったいなんなんだ、とアレイは思った。それでも、答えを待ちかまえているQにしかたなく言葉を返す。

「４０７……かな」

Qは嬉(うれ)しそうにほほえんで、うなずいた。

「やっぱりな」

なにが「やっぱり」なのか、さっぱりわからなかったが、そのときアレイは悟(さと)った。こいつが、きっと、あの、うわさのQに違いないと……。

アレイの横で、Qは楽しそうに、ぶつぶつ理解できないことをつぶやいている。

「407って、やっぱ、いいよな。4と0と7でできてて、しかも、4と0と7の立方数の和でできてるもんな。すっごくきっちりしてて、まじめな数なんだよなあ」

残るひとりの八年生は、岡倉ひかるという、小柄な女子だった。チェックのプリーツスカートの上の紺のブレザーは明らかにオーバーサイズで、袖口が何度も折り曲げられている。白いブラウスの襟元には、ネクタイの代わりに学年カラーのリボンが結ばれていた。

記念撮影のために並んでみると、Qとアレイとヒカルは、まるで大中小の制服見本のようだった。

開校式に続く、各教室でのホームルームの自己紹介で、ヒカルは自分が他県からの転校生だと語った。

その自己紹介をつまらなそうに聞いていたQが突然、自己紹介を終えたヒカルのほうに身を乗りだして質問した。

「な、おまえ、身長、何センチ?」

ヒカルはQの質問を無視したが、Qは、ひるまず、質問をくり返す。

「身長だよ、何センチある?」

ヒカルは席につきながら腹立たしげにじろりとQをにらみ、めんどくさそうに、ぼそっと答えた。

2
Q

「153」

その数字を聞いたとたん、Qの目の色が変わった。そして興奮したように隣の席のアレイにささやいた。

「おい！　聞いたか？　153だってよ、スッゲー偶然！」

「なにが？」

アレイは、あまりにも意味不明なQの言葉に混乱し、うかつにも聞き返してしまった。

するとQは、またまた、わけのわからないことを言った。

「だから、153もさ、1と5と3でできてて、しかも、1と5と3の立方数の和でできてるってことだよ。ほら、おまえの好きな407といっしょなんだよ」

「俺の好きな407？」

あきれかえったアレイがなにか言い返そうとしたとき、教壇からためらいがちな声が飛んできた。

「そこ、ちょっと、静かに……」

八年生担任の伊波甲大先生だ。アレイは、びくっと肩をすくめたが、Qは、まるで関係がないという顔で、もう窓の外をぼんやり見つめている。アレイは、心の中でこっそり舌打ちをした。

左足だ……。左足から学校に入ったせいだ――それもこれもすべて、元はと言えばQのせいだと思うと、アレイはまた、叫びたくなった。

ヒカルに続くQの自己紹介は、いたってシンプルだった。

「厩舎修です」

それだけ言って、Qは座った。

「おい。もっと、なんか言えよ。それじゃ、名前しか、わかんないじゃないか」

伊波先生は、へつらうようなほほえみを浮かべ、Qに声をかけたが、無視された。Qは、もう、窓の外を見つめ、自分だけの世界の中に入りこんでしまっていたのだ。

「じゃ、次、田代」

伊波先生は、それ以上Qを深追いすることをあきらめ、あっさりアレイに順番をふった。

話を聞く気など、まったくなさそうなQと、これまた、そっぽを向いたままのヒカルの前で、アレイは、自分の席から立ちあがった。

「田代有礼です」

アレイが、そう名乗ると、伊波先生はほほえみを顔に貼りつけたまま、首をかしげ、教卓の上の名簿に目を落とした。

「アレイ？　……アリノリだよね？　田代有礼」

アレイは、かすかに首を横にふって、また口を開いた。

「いえ……。アレイです。もう、ずっと、アレイなんで……」

伊波先生は、一瞬ぽかんとして何か言いかけたが、すぐにまた、意味のない笑いを浮かべて、あやふやにうなずいた。

「あ……、そうなんだ……」

なんでそうなのか、全然わからないだろうに、先生は、またまた深追いを放棄して、話題を変えた。

「田代は、同じ市内の三中から来たんだよな。いわば、地元なんだから、岡倉に、いろいろ教えてやれよ」

アレイはうなずかなかった。アレイが地元なら、一中から来たQだって条件は同じだと思ったのだ。伊波先生は気まずそうに、そわそわと名簿に目を落とす。それを合図にアレイは、席に座った。

「ええと、それじゃあ、岡倉ひかる、厩舎修、田代有礼……。この三人が八年生の仲間だ。一年間、仲良くやっていこう」

アレイは、ぼそっと口を開く。

「アレイです」

伊波先生は、自分のミスをごまかすように「ハ、ハ」と笑ったが、アレイの名前を言い直そうとはしなかった。やはり、納得がいかないのだろう。

アレイの父は、第一子のアレイが生まれたとき、息子の命名に凝りに凝った。仕事柄、文字や活字に関わりがあるせいなのか、ひとり目の子どもだから強い思い入れがあったからなのかはわからない。しかし、だいたい何事もこだわりすぎるとうまくいかないものだ。結局、考えに考えたあげく、父は、暗殺された明治時代の政治家と同じ名前を息子につけた。

諸学校令を発令し、一八八九年、帝国憲法発布当日、国粋主義者の青年に刺され、翌日四十一歳で亡くなった政治家の、どこにあやかってほしいと、父が息子に望んだのか、アレイは理解できなかった。だから、自分自身で、もっと、しっくりくる歴史上の人物を探すことに決めたのだ。小学三年生のときに——。そして、すぐにアレイは、目的の名前を見つけだした。

明治からさかのぼること、千百年以上昔、奈良時代の歴史に刻まれた、その人の名は、稗田阿礼という。抜群の記憶力を持ち、神代からの歴史をすべて語ることができた男。日本最古の歴史書『古事記』は、この男の記憶を書きとることによって生まれたといわれている。アレイは、明治政府の初代文相なんかより、天武天皇の舎人だったという、この稗田阿礼にずっと親しみを覚えた。自分と似ていると思ったからだ。

アレイは一度記憶したことをけっして忘れなかった。

アレイの目に映ったことはすべて映像として脳内に取りこまれ、記憶（きおく）として保存される。いわば、アレイの目はデジタルカメラのファインダーなのだ。ファインダーを通して見たものを、メモリーカードの代わりに脳が記憶し、保存する。ひとつ残らず。

だからすでにアレイは、今日、体育館前に貼（は）りだされていた、栗栖の丘学園の七十一名の生徒の名前をすべて覚えていた。ひとつひとつの名前を、覚えようとして覚えたわけではない。七十一の名前を学年別に記した一枚の名簿（めいぼ）を、カメラに収めるように、頭が勝手に記憶してしまうのである。

稗田阿礼とアレイの記憶のシステムがまったく同じなのかどうかはわからない。

それでも、アレイは、暗殺された政治家よりは、卓越（たくえつ）した記憶力を持つ稗田阿礼という男に共感めいたものを覚えた。だから、その日以来、田代有礼（ありのり）ではなく、田代有礼（あれい）と名乗ることにしたのである。今では、友だちも、家族も……、有礼（ありのり）と命名した父さえも、息子（むすこ）のことをアレイと呼んでいる。

しかし、アレイが稗田阿礼へのオマージュをこめて、自分の名前の読み方を変えたと知る者はいなかった。アレイは、そんなことを誰（だれ）にも説明していなかったし、だいいち、自分の並はずれた記憶力を他人に知られないようにいつも気を配っていたからだ。——知っていることでも時には知らないふりをし、テストの解答はわざといくつか間違（まちが）えるようにしていた。母が

「塾に行け」などと言いださないように、つねに上位の成績をキープしつつ、それでも中学生らしからぬ膨大な知識の数々を人前ではけっしてひけらかさないように気をつけていた。

教壇では、伊波先生が、明日行われる、七、八、九年生向けのオリエンテーションと、今後の予定についてしゃべっていた。

ヒカルは、メモを取っている。Qは相変わらず、ぼんやりと窓の外を眺めていた。

やっかいなクラスになりそうだ、とアレイは思っていた。去年までの三十五人学級とはわけが違う。その他大勢の中のひとりでいることはできそうもなかった。このクラスの中のアベレージでいるには、どうすればいいのだろう？　そもそも、変人のQと、どんなやつかもわからないヒカルと、アレイの間に、アベレージが存在するのだろうか？

もれそうになるため息をアレイがのみこんだとき、ふいに、Qがアレイのほうに身を乗りだした。やっと聞きとれるぐらいの低い声でQがささやいた。

「ところでさ、おまえ、素数って好き？」

アレイは、こらえきれずに、大きな深いため息をもらした。

3 回廊

学園生活の二日目、アレイたちは、一、二時間目がオリエンテーション、三時間目以降が通常授業という予定だった。オリエンテーションは、七、八、九年生合同で行われる。

その日アレイは、機嫌がよかった。家から学校までの歩数を七百十四歩に調整することに成功し、めでたく右足から校門の中へ踏みだしたおかげで、なんだかこれから、すべてうまくいきそうな気がしていたのだ。

だから、オリエンテーションの間中、隣の席のQが、いくらあくびを連発しても、貧乏ゆすりをくり返しても、意味のない独り言をつぶやいても、あまり気にならなかった……いや、気にならないふりをすることができた。もうひとりのクラスメイトのヒカルは、Qのひとつ前の席に座っていたが、貧乏ゆすりが、椅子の背に伝わるたびに、険悪な目つきでふりむいてQをにらんでいる。だが、その視線にQが気づくことは永遠になさそうだった。

アレイたちが集められたのは、多目的室と呼ばれる、広めの教室で、むしろ、総勢十二人の

七、八、九年生が集まるには、だだっ広すぎる感がないでもない。
二名の九年生、三名の八年生、そして男子四名、女子三名の七年生七名は広い教室の前方の席に、学年ごとに固まって座っていた。

Qがオリエンテーション中に目を輝かせたのは一度だけだった。多目的室の中をぐるりと見回したQは、固まって座っているそれぞれの学年のメンバーを眺めつつ、満足そうにつぶやいた。

「素数だ……。2と、3と、7……。全校生の数も素数。いい感じだよな、この学校……」

すばらしくおいしいアイスクリームを食べたときのような、なんとも幸福そうな笑顔を浮かべてQはそう言った。

教壇には、三人の先生たちが並んでいる。主にしゃべっているのは、九年生の担任で磯谷守という生徒指導の先生だ。教科担当は数学。ベテランらしい、柔らかな、よく通る声の持ち主で、がっしりした体と、大きな手と、力のある目をしている。

七年生の担任は、佐々木真理子という若い英語の先生で、小柄で色が白くて、ぽっちゃりとして、なんだか中華饅頭のようだとアレイは思った。

アレイたちの担任の伊波先生は、七、八、九年生の国語を受け持つらしい。三学年を前に教壇に立っても、伊波先生は、どこかバツが悪そうに目を伏せて、時折、うかがうようにちらりちらりと、生徒たちに視線を投げかけていた。

　磯谷先生がなにかしゃべるたびに、七年生たちは盛りあがっている。昨日と今日の、たった二日間で、七年生にはすでに一体感が芽ばえているらしい。そういえばふたりっきりの九年生男子も、時折言葉を交わしたり笑ったりうなずきあったりしている。徹底的にバラバラな八年生とは、大違いだ。しかしアレイは、このバラバラ感に安らぎを覚えていた。いっそ、このまま誰とも、なんのつながりも持たず、言葉も交わさずにすめば、こんな楽なことはない。そうすれば、自分の持つやっかいな記憶力を必死に隠したり、同年代の友だちのレベルに無理して自分を合わせる努力も必要なくなる。

「七、八、九学年は、各学期ごとに中間と期末考査を行うが、一学期のみ中間考査はなし。単元テストと期末考査だけになります。あと、年二回、実力考査もあるからな」

　磯谷先生の言葉に七年生が、また、大げさに反応する。

「うっそー！」

「まじ？」

「ありえなーい！」

　ありえるだろ、とアレイは思う。開校前に開かれた学校説明会でも、学園の七、八、九年生の授業や成績評価は、三年制中学に準ずると言っていたではないか。

「部活は？　部活もあるんですか？」

七年の男子が、質問した。磯谷先生が答える。

「ある。まだ、数は少ないけどな。運動部なら、卓球か陸上。文化部は音楽部と創作部だ」

七年生からブーイングが起こる。

「そんだけ？」

「野球部、ないんですか？」

「サッカーは？」

「えーっ！　あたし、前、茶道部だったのに……」

そんなにたくさん部を作ってどうする、とアレイは思った。七、八、九年生合わせて十二人しかいないのに。サッカーなんて、どうやってやるんだ？　全員サッカー部に入るのか？

七年生が騒いでも、ベテラン磯谷先生は平気だった。にこにこと、ゆかいそうに生徒らを見回し、大きな声でゆるやかに続ける。

「まあ、今は、人数が少ないからな。そのうち、生徒数が増えれば、部の数も増えるさ。部活には、五年生以上が参加することになっている」

「えー!?　小学生も部活やんのお？」

さっきから先頭に立って、オリエンテーションをかきまわしている、七年の男子がまた文句を言った。安川というちびだ。アレイはさっきから、こいつの言葉に混じるかすかな関西弁のイントネーションと、調子に乗った発言にイラつかされていた。オリエンテーションの最初の自己紹介では、アレイたちと同じ地元の校区の小学校から転入してきたと言っていたが、生まれはきっと関西なのだろう。

磯谷先生が安川の言葉を訂正する。

「小学生じゃない。栗栖の丘学園に小学校、中学校の区別はないんだからな。みんな同じ学園の生徒だ」

「でも、ちびもいっしょなんて、めんどくせえよ」

ちびの安川がそう言うのを、アレイはうんざりしながら聞き流した。

部活なんてアレイにとっては、どうでもいいことだった。前の中学でも帰宅部だったし、おそらく、今後も、どこかに入ることはないだろう。部活ごときでいちいち大騒ぎする七年生に比べれば、貧乏ゆすりしているQのほうがずっとましだ。Qをにらむことに精を出しているヒカルも、あまり部活に興味がないのかもしれない。

そのとき、ほんの一瞬アレイは心の中で思っていた。こいつら、案外、いいやつかもしれない――と。

磯谷先生が教壇の後ろの壁時計をふり仰いで、「お……」と声をあげた。

「ちょっと、時間オーバーしたな。いったん、休憩を入れようか。トイレに行きたい人は、行ってきなさい。十分で戻ってこいよ。廊下で騒ぐな」

学園では、チャイムは、ほとんど鳴らない。朝の始業と昼の清掃開始と五時間目の始まりに鳴るぐらいだ。一年から六年までの授業時間と、七年から九年までの授業時間の長さが違うので、いちいち鳴らしていると、かえってややこしいからだろう。

七年生は、がやがやとひとかたまりになって、部活談義に花を咲かせはじめた。どの部に入ろうか？　顧問の先生は誰だろうか？　運動部がいいか文化部がいいか――？

「先輩は、どうするんですかあ？」

七年の女子が、甘ったれた声で八年のヒカルに聞いている。アレイは、危険を察知して教室を出た。誰かに話しかけられるのがめんどくさかったのだ。べつにトイレに行きたかったわけではない。十分休憩の間に校舎をぐるっと見てまわるつもりだった。

栗栖の丘学園の校舎は、ひと回りするにはもってこいの配置になっている。中庭を四角く取り囲むように、ロの字形に校舎が建っているのだ。

つまり、校舎のどこから出発しても、前を向いて廊下を歩いていけば、いずれは回廊を一周して、また元の場所まで戻ってこられるというわけだ。

校舎は四階建てで、回廊の四隅にそれぞれ階段がついている。四つの階段の色が全部変えて

3
回廊

あるのは、そこが東西南北どの校舎なのか、区別しやすくするためらしい。

南東の角の階段はピンク、南西の角はブルー、北西の角がグリーンで、北東の角はイエローの階段が目印である。

アレイは南側校舎の一階にある多目的室の前から時計回りに校舎をめぐることにした。校舎を一周してみるのは初めてだ。

栗栖の丘学園の校舎は最大で八百人を収容するキャパシティを持っているそうだが、現在建物に入っているのは、生徒と先生を合わせてもせいぜい百人程度。校舎の中はがらがらで、どの階も空き教室が目立っている。アレイたち七、八、九年生の教室が並ぶ南側校舎の三階も、四つの教室のうち、ひとつは空っぽだ。しかし多目的室のある一階は、同じ並びにある残り二教室も、一年生と二年生の教室として使われ、埋まっていた。

アレイはトイレの前を素通りして、そのまま下級生たちの教室の前の廊下を進んでいった。

栗栖の丘学園の教室は、開放的だ。廊下側の仕切りはすべて引き戸になっていて、全開にすれば教室のフロアが廊下と一体化し、空間を広げられる仕組みになっている。引き戸の半分から上はガラス張りなので、戸を閉めきったままでも、教室の中と外は素通しになっていて、よく見えた。

一年生の教室の中には、授業そっちのけで、廊下を歩いているアレイのことを眺めているやつが何人もいた。

とうとう、ひとりの一年生がのこのこ席を立ってきて、引き戸におでこをくっつけ、まじまじとアレイを観察しはじめた。

「正田くん！　どこ、見てるんですか？　はい、席について」

すごすごと席に引き返すちびすけを横目に、アレイは一年生の教室の前を通りすぎ、急ぎ足に二年生の教室の前も行きすぎた。また通行人に心を奪われる二年生が現れたらやっかいだと思ったのだ。

ふたつの教室の前を通りすぎると、アレイは職員室の前で直角に廊下を曲がって、西側校舎に足を踏み入れた。

多目的室前から職員室の前までは、四十八歩。偶数だ！　角を曲がり、アレイは満ちたりた気分で、右足からまた西側の廊下を歩きはじめる。

西側校舎の一階には職員室と昇降口、そして、広々としたランチルームがある。百人を収容できるという大きな食堂だ。やがて給食がスタートすれば、全校生七十一人がここに集まって昼食をいっしょにとることもあるらしい。

今はまだ空っぽのランチルームの前に、廊下の角が見える。職員室の前から廊下の角までの歩数は五十六歩。とってもいい調子だ。

3
回廊

右足から踏みだして北側校舎の廊下を歩きだすとあたりを包む空気が変わった。

この北側校舎と、その先の東側校舎は、まだほとんど使われていない。北側校舎には給食調理室と保健室、東側校舎には五つの普通教室が並んでいる。まったく人の気配がないせいか、がらんとした廊下はなにやらトンネルじみて、シンと静まり、ひやりとした空気に満たされていた。新築の建物特有の、しめったコンクリートと新しい塗料の匂いがする。

パタ、パタ、パタ――。

誰もいない廊下に、アレイの足音が響く。

「……?」

アレイは足を止め、後ろをふり返った。なにかにじっと見つめられているような気がしたのだ。しかし、ふりむいてみても、なにもいない。今、通りすぎてきた廊下がうす暗く静まっているだけだ。

なぜか背中がぞくりとして、アレイはつぶやいた。

「ばっかみてぇ」

学校の廊下で意味もなくびびっている自分に腹が立って、アレイはくるりときびすを返すとスピードを上げて歩きだした。しかし――。

やはり、視線を感じる。首筋がちりちりするような強い視線だ。アレイは足を止めずに、ちらりと後ろをうかがった。

なにも見えない。空っぽの校舎の中で動いているのはアレイだけだ。それなのに、なにかに見られているような気配は消えない。

姿の見えないなにかに見つめられている。そう思った瞬間、悪寒が走った。

アレイは思わず走りだした。廊下の終点はもうすぐそこだ。その角を曲がれば、東側校舎。そこを駆けぬければ、多目的室のある南側校舎にたどりつける。

タッ、タッ、タッ、タッ……。

廊下の角に駆けこもうとしてアレイは、「あっ！」と声をあげた。

「うわっ！」

曲がり角の向こうから飛びだしてきた誰かともろにぶつかったとき、アレイははね飛ばされてよろめきながら、奇妙な感覚にとらわれていた。一瞬、自分の周囲の空気が見えない力で、ぐにゃりとゆがめられたような気がしたのだ。

「なんだ、おまえかあ……」

ぶつかった相手が、びっくりしたように言う。アレイもやっと、相手を確認した。

「Q……舎」

そう言ってからふたりは、申しあわせたように、お互いが通りすぎてきた廊下のほうを落ち

3
回廊

つきなくふり返った。

ぶつかりあったアレイとQは今、北側校舎と東側校舎の廊下が交わる角に立っていた。そこからだと、両方の校舎の廊下を見渡すことができる。

北側の廊下にも、東側の廊下にもなにも動くものは見えなかった。がらんとした二本の廊下は、うす暗く静まり返っている。

「なんかさあ、誰かにじろじろ見られてる気がしてさあ」

Qの言葉にアレイは、「え？」と息をのんだ。

「おまえも？」

思わずアレイの口をついて出た言葉に、今度はQが驚いて聞き返す。

「え？　おまえもって、おまえも？」

ふたりは一瞬顔を見合わせ、それからもう一度空っぽの廊下を見渡した。

「もう、戻ろうぜ」

アレイの言葉にQがうなずく。

「そうだな。なんだか、誰もいない校舎って気味悪いな。俺、十分休憩、暇だから校舎ん中一周しようって思ってたんだけど、どーでもいいや」

同じようなことを考えるやつだなと思いながらアレイは気を取り直し、東側校舎の廊下に右足から踏みだした。

Qもアレイの横に並んで歩きだす。もう、視線を感じることはなかった。

あれは、いったいなんだったんだろう？　人気のない校舎で、アレイは胸の奥にふくらんでくる不安を抑えこみながら考えていた。

なにかおかしい。気のせいだけではすまされないあの違和感の正体はなんだったのだろう？人気のない廊下をひとりで歩いているうちに神経質になっていたのだろうか？　引っ越しからこっちの大きな変化に馴染むことができず、いつも以上に神経がピリピリしているのかもしれない。……きっと、それだけのことだ。しかし、そう思いこもうとしてもアレイはうまく自分を納得させることができなかった。

あれは、気のせいなんかじゃない――と心は叫んでいる。

不安がふくらむ。東側校舎の廊下の終点の角っこが見えた。あそこを曲がればもう多目的室だ。

今度も、ぴったり五十六歩に歩数を合わせ、右足から南側校舎の廊下へ踏みだそう――。そう思って、歩数の調整に入ったアレイは、奇妙なことに気づいた。

歩数が多すぎる――。

心の中で数えあげていた歩数は、すでに五十八歩に達していた。

3
回廊

五十八、五十九、六十……六十二で、やっと廊下の角にたどりついた。
おかしい……。西側校舎の廊下は五十六歩だったのに、どうして東側校舎の廊下は六歩多いのだろう？

もやもやとした思いを抱きながら廊下の角を曲がり、右足を南側校舎の廊下に踏みだす。

廊下は、静まり返っていた。

「やべ……」

隣のQが言った。

「もう、休み時間終わったのか？　早くね？　みんなもう中に入っちゃったみたいだぜ」

校舎内を一周するのに十分もかかったとは思えなかったが、どうやら多目的室の外にいるのは、もうアレイとQだけのようだった。

ふたりは急ぎ足で多目的室の前に歩み寄り、そのとたん、もう一度驚いた。

「えっ？」

Qが声をあげ、アレイは息をのむ。

誰もいない。多目的室の中は空っぽだ。

「あっれぇ？　どこ行ったんだ？」

Qが引き戸のガラス越しに部屋の中をキョロキョロと見回して言った。

アレイもQの隣で、落ちつかない気分で空っぽの部屋をのぞきこむ。

なにかおかしい。なんだか、いやな感じだ。

「なぁ、なんかおかしくねぇか?」

アレイの胸の内をQが声に出して言った。

「めちゃくちゃ静かだぜ。この部屋だけじゃなくって、まるで……、学校が空っぽになっちまったみたいだ」

アレイは、じっと耳を澄ませた。

音がしない。いつもなら校舎のどこかから聞こえてくるはずの音がひとつも聞こえない。

どこかの教室からもれてくる話し声、誰かが廊下を歩く音、かすかなざわめきも、上の階で人が動き回る気配も……なにも聞こえない。不安が、またふくらむ。

そのときアレイは、もうひとつ妙なことに気づいた。多目的室の窓だ。屋外に面した窓の外はなぜか、塗りつぶされたように真っ白だった。

——霧?

いつの間に霧が出たのだろう? さっきまであんなにいい天気だったのに……。そう思いながらアレイは、ゆっくりと後ろをふり返った。背後には中庭に面した廊下沿いのガラス戸がある。

3
回廊

しかし、ガラス戸の外に霧はなかった。うす暗くかげった中庭が見えているだけだ。

Qも、アレイが見ているものに気づいたようだ。

「あれぇ?」と声をあげ、多目的室の窓の外と中庭を見比べている。

「なんだ? どうなってんの? 外には急に霧が出て、そんでもって、中庭だけ霧が出てないって……なんだよ?」

Qはそう言いながら中庭に向いたガラス戸に歩み寄ると、そのガラス戸越しに、中庭と庭の上空をうかがって、もう一度、「あれぇ?」と言った。

「やっぱ、上のほうは、真っ白だぜ。変なの。どうして、中庭に、霧が降りてこないんだろ?」

その答えがわかればいいのに、とアレイは思った。その答えだけじゃない。なにがどうなっているのか、全部の答えが知りたい。

どうして、多目的室は空なのか?

どうして、校舎は静まり返っているのか?

どうして、校舎の周りは深い霧に包まれているのに、中庭に霧が入りこんでこないのか?

おかしい。どう考えても、なにかが間違っている。なにか、とんでもなく奇妙なことが今、アレイの周りで起きている気がした。

「職員室に行こう」

アレイは、Qに言った。

「うん。そうだな」

Qも素直にうなずく。

アレイとQは職員室目指して南側校舎の廊下を足早に歩きはじめた。多目的室の前を過ぎ、その先に並ぶ、一年生と二年生の教室の前を通りすぎながら、アレイはそのふたつの教室も空っぽになっていることを確認した。ついさっきまで一年生と二年生が授業を受けていたはずの教室の中には、机と椅子が並んでいるだけで、まったく人影はない。

「おっかしいなあ……。みんな、どこ行ったんだ?」

Qがぶつぶつ言っている。

西側校舎に入ってすぐのところに、職員室の引き戸があった。教室と違って、職員室の中の様子は廊下からではわからない。

アレイは、ひとつ息を吸いこみ、いちおう、コンコンと戸をノックした。それが職員室に入るときの決まりだったからだ。

しかし、中からはなんの応答もない。戸の向こうは静かだ。

Qと顔を見合わせ、心を決めるとアレイは横開きの引き戸を、一気に引き開けた。

3
回廊

職員室も、空っぽだった。先生の姿はひとりも見当たらない。ゴタゴタと書類やら本やらを積みあげた机と、座（すわ）る人のいない回転椅子（いす）が並ぶだけで、人の気配はまったくなかった。

職員室の窓の外も霧（きり）に塗（ぬ）りつぶされている。

なにかおかしい。

アレイの胸の中で不安がまたひとつ、ふくらんだ。もう、ふくらみすぎて、胸からはみだしそうなほどだ。

「な、どうなってんだと思う？」

Qにたずねられても、アレイは答えられなかった。ほんの数分、多目的室を離（はな）れ、校舎の中を歩き回っているうちに、学校中の人間が消えてしまったようだ。少なくとも、一階の校舎のどこにも、アレイとQのほかに人影（ひとかげ）は見当たらない。

「校庭か……それとも、体育館に集まってるとか？」

Qが思いをめぐらしながら、そんなことを言ったがアレイは賛成できなかった。

こんな濃（こ）い霧の中、わざわざ校庭へ生徒を集めたりするだろうか？　きっと外に出たら、一センチ先も見えないだろう……。体育館なら、まだ、可能性はある。しかし、アレイが多目的室から出たあとの数分で、みんなが体育館にいっせいに移動したのだとしたら、それに気づかないはずがない。校舎から体育館へ向かうには校舎の北東の角にある通用口から渡（わた）り廊下（ろうか）を通っていくはずだ。その通用口の扉は、まさにさっき、アレイとＱが鉢合わせした廊下の角のすぐそばにある。アレイもＱも知らぬ間に、みんながその出入り口を通って体育館に行けるはずがないのである。

黙りこんでいるアレイの前でＱは、落ちつきなくあたりを見回している。空っぽの職員室中を見回し、ふり返って廊下をうかがう。

「なんだ？　あれ……」

Ｑの言葉にアレイも廊下のほうをふり返り、ハッと息をのんだ。

職員室の横の昇降口のほうから、白いモヤモヤしたものがゆっくりと廊下に広がってくるのが見えた。

「……霧だ……。外から入ってきてるんだ……」

ふたりのほうへ、ゆるゆると流れ寄ってくる白い霧を見つめてアレイはつぶやいた。

「すげぇ。ドライアイスみてえだな。冷たいのかな？」

Ｑは、流れる霧に近づくと、その中に片足を踏み入れ、霧の感触を確かめているようだったが、次の瞬間、「わっ」と叫んで、霧から飛びすさった。

「どうした？」

アレイが驚いてたずねると、Ｑは蒼ざめた顔で、霧から引きぬいた自分の足を見つめ、じりじりと後ずさりながら、ぶるっと身震いをした。

「わかんねぇ。……なんか、足、つっこんだら、じんとしびれた気がして。そのとたん、体中がぞわっとして……。血が逆流するみたいな感じで、冷や汗が出て、心臓がバクバクして……。なんていうか……、なんだか……」

「なんだよ?」

もどかしくなって、アレイはつっこんだ。

Qは、流れてくる霧から逃れつつ、アレイを見た。

「……なんだか、すっげぇ、怖くなったんだ。きっと……きっと、恐怖のどん底って、あんな感じだと思うぜ。恐怖のどん底につき落とされた気がしたんだ。……いや、足から恐怖にのみこまれたみたいだった」

アレイも、Qといっしょに後ずさりながら、ゆっくり流れ寄ってくる霧をもう一度見つめた。そのとき、床の上を低くはう霧の中に、ボコッとひとつ大きな泡がふくらみ、パチンと消えた。ドッジボールほどもある大きな泡だ。

「なんだ?」

今、歩いてきた南側校舎のほうへ逃げだそうと身構えていたQが、心を奪われて霧を見つめる。

まるで、Qのその言葉に応えるように、またひとつ、大きな泡が、霧の流れの中にふくらんだ。盛りあがった泡の中にふっとなにかが浮かびあがった。目だ！　目玉だ！　魚の目玉のような、真ん丸い目がひとつ泡の中央に現れた。

目玉は泡の中から、ギョロリと、アレイたちのことをにらんだ。

アレイは、体中の毛穴から、冷たい汗といっしょにどっと恐怖が噴きだすような感覚に襲われた。

「わ、わっ！」

Qも真っ青になって、霧から飛びすさり、廊下の壁にぶつかっている。

凍りつくふたりの前で、突然、霧の中から一本の柱が立ちあがった。ボコリとふくらんだ目玉つきの泡が、そのままスルスルと上に伸びて柱になったのだ。

柱のてっぺんから、あの一つ目玉が、じっとアレイたちを見下ろしている。

白い霧の柱は、細かくぶるぶると震えているように見えた。震えながら少しずつ形を変えていく。

固まったまま、アレイは、ハッと気づいた。人形だ！　柱は震えながら人の形に変態をとげようとしていた。一本の柱のあちこちが、ふくらみ、くびれ、分かれ、伸び、頭と首と胴体と、二本の腕と、二本の足が現れた。

3
回廊

人形の白い霧のてっぺんで、顔の真ん中の一つ目玉がゆっくりまばたきをした。閉じられた目が見開かれた瞬間、白い人形が、墨を流したように真っ黒く染まった。

アレイとQの前には、人の形をした一つ目の黒い影が立っていた。

アレイたちは、影と向きあったまま、一瞬身動きができなかった。

信じられない展開に、頭も体もついていけずにいる。息をすることも忘れて、ふたりはほうけたように、学校の廊下に突如現れた一つ目の影を見つめていた。

「に……逃げたほうがよくね？」

Qがこぼしたつぶやきに、アレイは、ハッと我に返った。

「行こう……！」

そう言い返して、アレイはくるりと影に背を向け、さっき通りぬけてきた南側校舎に向かって走りだした。いや……走りだそうとした。

アレイとQがきびすを返し、一歩足を踏みだしたとたん、その足を避けるように、なにかが、ざわざわと床の上でうごめきながら、黒い波のように壁際に引いていくのが見えた。

「なんだ？」とQが立ちすくみ、虫……？　と、アレイは思った。

それは、小さな黒い虫の群れのように見えた。黒くて丸い体から、細い脚が何本もつきだしている。

――ユウレイグモに似てる……。

でも、今、目の前にいる虫たちは小さな黒い体の真ん中に、白い紋をくっつけていた。

ギィ……ギィ……ギィ……。

後ろで、金属のこすれるような音がした。

アレイとQはせわしなく、壁際の虫の群れと背後を見比べた。

「ギィ……、ギィ……」

一つ目の影が、声を発していた。目玉しかない影の顔のあたりから、気味の悪い声が響いてくる。

「……ギィ……、カンナギィ……ギィ……ギィ……」

――カンナギ?

影はたしかにそう言った。そして、体の両側にだらりとたらしていた腕を、アレイたちに向かって伸ばし、一歩、こっちに足を踏みだした。

「い……行こう」

アレイは、もう一度そう言って、Qの腕に触れると南側校舎に向かって走りだした。

「お、おう……」

Qも走りだす。

3
回廊

ふたりが通りすぎるあとから、壁際の黒い蜘蛛たちが、ぞわぞわと床の上にはいだしてきた。蜘蛛の群れは黒いしみのように固まって、走るアレイとQの後ろにくっついてくる。

いったい、なんなんだよ。こいつら。そう思ったアレイの心の内を、またQが言葉に出した。

「なんだよ、こいつら……」

アレイは、ちらちらと背後をうかがいながら、ぽつんと言う。

「ユウレイグモに、似てる……」

「ユウレイグモ?」

Qも、廊下の後ろをふり返る。

アレイは、言葉を続けた。

「でも、ユウレイグモの胴体には、あんな小さい円い紋なんてついてないんだ」

「え? 新種? じゃ、俺たち新種の蜘蛛、発見したってこと!?」

Qはちょっと嬉しそうに叫んで、立ちどまりそうになった。

「捕まえようなんて、言うなよ」

アレイは、すかさず釘を刺し、Qを促して南側校舎の廊下を走り続ける。

「でも、どうして急に学校中、蜘蛛だらけになってんだ? さっきまで、こんな蜘蛛、どこにもいなかったよな？」

　走りながらQが首をかしげた。

「なんか、おかしい。絶対、変だ」

　アレイは初めて、自分の心の中にわだかまっている思いを口にした。

「ここは、さっきまでの学校じゃない気がする……」

　空っぽの教室の前を走りすぎながらそう言うアレイの顔を、Qが見つめた。

「どういうこと？」

　アレイは続ける。

「……匂いが、しない」

「へ？」と首をかしげるQの顔をちらりと見て、アレイは言った。

「全然、匂いがしない。どこにも、匂いがないんだ。普通、匂うだろ？　多目的室に人が集まってれば、集まってるやつらの匂いがするし、職員室には職員室の匂いがある。この校舎はまだ新築だから、新しい塗料とシケたコンクリートの匂いがいつもしてたはずなんだ。でも、今は、なんの匂いもしないだろ？」

　アレイの横でQは、走りながら大きく息を鼻に吸いこんだ。

「あ……、そういえば、そうだな。なんも、匂わねぇや」

空っぽの多目的室の窓に押し寄せる霧を横目に見ながら、アレイは廊下の角にたどりつこうとしていた。

「消えたのは、人だけじゃない。音も、匂いも、それから……」

アレイは、角を曲がり、無意識に心の中で「一」と数えていた。右足を東側校舎の廊下に踏みだしながらQに言う。

「学校の周りの景色も、全部消えてる。もしかすると……」

「もしかすると、なに？」

Qが聞き返し、アレイは答えた。

「どっかいったのは、みんなのほうじゃなくて、俺たちのほうなんじゃないか？　俺たち……ふたりが、迷いこんだのかもな……ここに」

「ここ？」

Qは思わず足を止め、あたりを見回した。

アレイも、つられたように廊下の中央で、立ちどまる。そして、もう一度、つくづく、人気のない栗栖の丘学園の校舎の中を見回した。

――あれっ？

なにかが、アレイの心に引っかかった。

なにか……、どこか……、アレイの知っている学校と違っている気がする。

アレイとQが立ちどまると、くっついてきていた黒い蜘蛛の群れが、こっそり、アレイたちの足元にはい寄ってきた。

「しっ！　しっ！」

Qが、そう言って、バンと足を踏みおろすと、蜘蛛たちは、サッと引いていった。

「わっ！」

Qが叫んだ。

「おい！　見ろよ！　蜘蛛の胴体の模様！」

「なに？」

アレイは、思考を中断され、イラつきながらQの指さす先を見た。

「見ろよ！　あれ、模様じゃないぜ！」

アレイたちを取り巻く蜘蛛たちの胴体の白い紋が、チカチカとまたたいているように見えた。

――なんだ？　と、目を凝らした瞬間、アレイはハッと悟った。

Qの言うとおり、白い紋のように見えたものは、模様などではなかった。

「目だ！」

3
回廊

Qが叫(さけ)ぶ。

「あいつら、体に目玉が一個ついてるぞ！」

またたくように見えたのは、その目玉のまばたきだった。

体中が、ぞくりと粟立(あわだ)つ。

そのとき、あの声が聞こえた。

「ギィ……ギィッ、ギィッ……カアアンン……ン、ナアァ……ギィッ、ギィッ」

「く……来るぞ！　逃げろ！」

そう叫んだQは、走りだそうとして、ハッとしたようにアレイを見た。

「……どこ、逃げる？」

アレイも答えられなかった。

この廊下(ろうか)の先には、体育館への渡(わた)り廊下(ろうか)につながる通用口がある。

しかし、そこから外に出られたとしても、もし、そこも白い霧(きり)に覆(おお)われていたら、もう逃げようがない。Qはさっき、霧に片足をつっこんだだけで顔色を失っていた。あの霧にはきっとなにか毒性があるのだろう。そんな毒の霧の中に入っていくなんて、できるはずがない。

閉じこめられた……。

その思いが、アレイの心臓を締(し)めつけた。冷たい汗と恐怖が、また噴(ふ)きだしてくる。

一つ目の蜘蛛の群れが、こそこそと、こっちにはい寄りながら、しきりに一つ目玉をまばたかせるのが見えた。

「とにかく、通用口へ行ってみよう。もし、あそこに霧が出てなければ……」

アレイは、霧のない中庭をちらりと見ながら、祈るような気持ちで、そう言った。

「カァァ……ンンン……ナァ……ギィ……ギィッ、ギィッ……ギィッ……」

一つ目の影の声が校舎にこだまする。廊下の角から、とうとう、あの影が姿を現した。

アレイとQは、その姿を見ると、弾かれたように通用口目指して走りだした。

しかし、あと少しで廊下の曲がり角にたどりつこうというとき、おそろしいことが起こった。

その角の向こうから、ゆっくりと、白い霧がこっちにあふれだしてきたのだ。

アレイとQは、急ブレーキをかけた。

Qが叫ぶ。

「わ、わっ！　あっちからも、霧が来る！」

挟まれた！

心臓が冷たくなる。恐怖で体がしびれそうだ。

「カァァァ……ンン……ナ、ギィッ、ギィッギィッ、ギィッ……」

3
回廊

南からは、一つ目の影がやってくる。

北東の角からは、ゆっくり霧が流れてくる。

アレイとQは前と後ろを影と霧に阻まれ、廊下の途中に立ちすくんだまま、動けなかった。

そこは、東側校舎の一番北寄りの教室の前だった。

あっ！

アレイの心の中に、やっと、さっきから引っかかっていたものが、姿を現した。

思わず、口をついて言葉が出る。

「そうか！　だから、歩数が多かったのか！　東側校舎の廊下が、六歩多かったのは、このせいか！」

「なにが？　どうした⁉」

Qが、とまどうようにアレイを見てどなるように言った。

「この廊下だけ歩数が多い、ここだけ廊下が長いんだ。教室がひとつ、多いから！」

アレイもどなり返し、目の前の教室を指さす。

「これ、本当の学校には、ない教室だ。本当は五つしかないはずなのに、ひとつ多い！　これは、六つ目の余分な教室なんだ！」

「だから？」

だから、どうした、と言いたいのだろう。

アレイにもわからない。違和感の正体がわかったからといって、それが、このピンチを切りぬける助けになるとは思えなかった。

影と霧は、ゆっくり、ふたりに迫ってくる。霧の中に、ボコリとひとつ、大きな泡が持ちあがり、その泡の真ん中に目玉が見えたとき、アレイは、心を決めて、目の前の教室の引き戸をがらりと引き開けた。

「こっちだ!」

「え? へ? こっち?」

Qは混乱している。

「カァァン……、ナァ、ギイッ、ギイッ!」

影はすぐそこに迫っていた。

白い霧の中からは、泡が柱になって伸びあがろうとしている。

アレイは、教室の中に飛びこんだ。あるはずのない教室の中に。東側校舎に現れた、六つ目の教室の中に――。

Qも、あわてて教室の中に駆けこんできた。

アレイは、すぐに引き戸を閉ざす。

3
回廊

ハァハァと肩で息をしながら、アレイとQは顔を見合わせ、それから教室の中を見回した。

そこは、変わった教室だった。アレイたちの学校の普通教室は、どれも長方形だが、この教室は、縦横の長さがほとんど等しい正方形のように見えた。他の普通教室は廊下に面した一辺がアレイの歩幅で十歩の長さなのに対して、この教室の一辺は六歩分の長さしかない。

しかも、教室の中は空っぽだ。机も椅子も教卓も、黒板も、何もない。その代わり……というわけでもないだろうが、床は妙に凝った意匠になっていた。

寄せ木細工のような模様の正方形のパネルが床に敷きつめられているのである。

身の隠しようのない教室の中を見回し、アレイは、ここに飛びこんだことを後悔した。閉めきった引き戸の向こうをうかがうと、あの黒い蜘蛛たちが、ぞわぞわとガラスをはいのぼってくるのが見えた。

廊下から、ちょっとでも離れたい一心からアレイは、四角い部屋の窓側の壁の隅に身を寄せた。

しかし、Qは、教室の真ん中に、ぽかんとつっ立ったまま、なにかぶつぶつと独り言をつぶやいていた。

「正方形かあ……。この教室、正方形なんだあ……。正方形の床に、正方形のパネルが……ええと、6×6で36枚……。え？　待てよ！　ひょっとして、このパネルの模様……」

引き戸のガラスは、とうとう黒い蜘蛛(くも)たちに埋(う)めつくされた。もう廊下(ろうか)は見えない。

「6×6……！　そうか！　魔方陣(まほうじん)か！」

Qが突然(とつぜん)大きな声を出したので、アレイは思わず「しーっ！」と、Qに合図した。

「おい！　でかい声出すなよ！　あいつらに聞こえるだろ？　こっち、来いよ！」

ささやくようような声でアレイが言うと、Qはびっくりしたように、アレイのほうを見た。

「あいつらって、蜘蛛か？　蜘蛛って、耳あったっけ？」

「え……？」

アレイは虚(きょ)をつかれて黙(だま)りこんだ。そういえば蜘蛛には耳がなかった気がする。蜘蛛は耳の代わりに「聴毛(ちょうもう)」とかいう空気の振動(しんどう)を感じる毛を脚(あし)のどっかに生やしているのだ。引き戸に張りつく一つ目の蜘蛛たちも、聴毛を持っているのだろうか？　いや、待てよ。そもそも、あいつらは本当に蜘蛛なんだろうか？

あの声が引き戸のすぐ向こうで響(ひび)いた。ガラスがびりびり震(ふる)えているようだ。

「カァァン……ナァ……ギィ……」

Qがまた、ぶつぶつ言いだした。

「一枚の正方形のパネルの中に、三角形のピースが貼(は)りつけてあるんだ。いや……、一枚の正方形をいくつかの三角形のピースに分割(ぶんかつ)してんのかな？　あのパネルは二本の対角線で四つの三角形に分かれて、こっちのは対角線二本と中心線一本で区切られてるから三角形は六つ……。あのパネルは、三角形のピースが十四……。こっちは、三角形が二十九……」

じっと、引き戸のほうを見つめていたアレイは、ハッと身を硬くした。

ガラスを埋めつくしていた蜘蛛たちが、サッと動いたのだ。蜘蛛たちの動いたあとに、ふたつの円い窓が開いた。

そのふたつの窓から、一つ目の影が、にゅっと教室の中をのぞきこんだ。

一体ではない。二体、いる！

二体の一つ目の影が教室の中をのぞいている！

「あれ？　このパネル、おかしくね？　なんで、3なんだ？　3じゃ、計算が合わねぇよ。ここには、11が入らなきゃ……」

Qは、なにかに気を取られていて、こっちをのぞきこむ一つ目の影に、まるで気がついていない。

そのとき、二体の影たちが、黒い腕を持ちあげた。すると、引き戸の隙間から、その腕が、紐のように伸びて、教室の中に入ってくるのが見えた。

「Q！」

アレイは叫んで、教室の隅から飛びだした。Qの腕を引っつかみ、伸びてくる影たちの四本の腕から逃れようと、強くQの体を引いた。

「わっ！　うわっ！」

Qの目が真ん丸に見開かれた。やっと、自分の身に迫る、影たちの手に気づいたようだ。

四本の腕は、黒いリボンのように、ヒラヒラとこっちに伸びてくる。

もう、避けようがない。

「うわ！」

アレイとQは、同時に叫んで、のけぞった。ふたりの足がからみあう。

転ぶまいとしてアレイは、一歩足を踏みだし体を支えた。Qも、ふんばる。

ふんばるふたりの足が同じパネルを踏むのがわかった。

その瞬間。

ふたりを包む空気が、見えない力でねじ曲げられ、周りの風景がぐにゃりとゆがんだ。

どこか遠くで、二体の影たちの声が聞こえた気がした。

「カァァァン……ン……ナァ、ギィ、ギィ」

「ギィ……ギィ……ギィ……」

4 脱走

　気がつくと、ぐにゃりとねじ曲がったように見えた教室の風景は、アレイの周りで元どおり静まっていた。

「あれ？　ここ……」

　Qがぽかんとしたように空っぽの教室の中を見回す。

　驚いたことに、ふたりが立っているのは、ありふれた長方形の教室の、ありふれた床の上だった。机と椅子が並んだ床の上には、三角形の模様もない。

「おい！　厩舎！　田代！」

　名前を呼ばれ、アレイがびくりと目を上げると、引き開けられた戸の向こうに立つ伊波先生の姿が見えた。

「なにしてんだ！　もう、とっくに、二時間目が始まってるんだぞ！　なんで空き教室なんかに入りこんでる！」

キンキンと響きわたる先生の声を聞きながら、アレイとQは顔を見合わせた。引き戸のガラスには、もう一つ目の影の姿も黒い蜘蛛の姿も見えなかった。

いない――。あいつらは消えた。

「なんだったんだ、あれ？」

Qが誰にともなくつぶやく。あれというのは、正方形の教室のことだろうか？　それとも引き戸に張りついていた、一つ目の影と蜘蛛たちのことだろうか？

自分たちは本当に、あそこから脱けだすことができたのだろうか？　そう思ってアレイは、用心深く外を見た。霧は消えていた。窓の外を塗りつぶしていたはずの霧がすっかり晴れている。そういえば匂いも戻っている。アレイは、新しい塗料としめったコンクリートの匂いを胸に吸いこんで、ホッと息を吐きだした。ぽかんとしているアレイたちをにらみながら、先生が戸を大きく引き開けた。

「さっさと出てこい」

震えるような声で伊波先生が言った。

「二日目から、どういうつもりだ？　ほかの学年は、みんな、ちゃんと揃ってるぞ！　十分で戻れと言われたら、十分で戻れないのか？　いったい、なにやってたんだ！」

「迷子になっちゃって……」と、Qは正直に答えた。しかし、それが正直な答えだと知っているのはアレイだけだ。伊波先生のこめかみに青々と血管が浮きあがるのが見えた。

「ふざけるな！　ま、迷子なんて、な、なるわけないだろ！　そんな言いわけ、つ、通じると、思ってるのか！」

興奮のあまり、つっかえながら伊波先生がどなる。

「すみませんでした」

アレイは、しれっと頭を下げた。どうせ、説明したって理解してもらえるわけがないのだ。それなら、さっさと謝って、早くこの場を切りあげたほうがいい。

怒りのせいで蒼白になった伊波先生のこめかみで血管がぴくぴくと動いた。先生は必死に、怒りを抑えこもうとしているようだ。

やがて、大きくひとつ息を吸い、その息を吐きだすと、伊波先生はくるりときびすを返した。その瞬間、先生が低い声でつぶやくのをアレイは聞いた気がした。

「なめてんじゃねぇぞ」

南側校舎のほうに向かって歩きはじめる先生の少し後ろから、Qとアレイもついていった。

廊下を歩いていく途中、アレイは背中がムズムズして、何度か後ろをふり返りたくなったが、がまんした。ふり返れば、あの正方形の教室に引きもどされそうで――、あの一つ目の影と蜘蛛たちがまた現れそうで、不安だったのだ。

Qは、なにやらまた、ぶつぶつと独り言を言いながら、廊下を歩いている。

その独り言の切れ端がアレイの耳に届いた。

「魔方陣だった……。六次の魔方陣……。定和は、$n（n^2+1）÷2$……。nが６だから、つまり定和は１１１。やっぱり、あのパネルは間違ってる……」

伊波先生が南側校舎に続く角を曲がる。

アレイは、そのすぐあとを追いかけるように廊下を曲がった。南側の廊下に入ると多目的室のざわめきが耳に飛びこんできた。磯谷先生の声と生徒たちの話し声が廊下にまでもれてきている。

伊波先生が、引き戸をがらりと引き開けた。空っぽだったはずの部屋の中には生徒と先生たちが戻っていた。

アレイとQが入っていくと、にぎわっていた室内がぴたりと静まり、そこにいた全員の視線がいっせいにふたりに集まるのがわかった……いや、ひとりだけ、八年生のヒカルは、前を向いたまま、こっちを見ようとはしなかったが……。

七年生のちびの安川がおどけた調子でこそこそ言うのが聞こえた。

「よっ！　重役出勤！」

教壇に立つ磯谷先生が、じっとふたりを見つめ、「早く、座りなさい」と言った。

4
脱走

アレイは、Qと並んで、ヒカルの一列後ろの席につく。

教室の中はまだ静まり返っている。みんな、息を殺し、かたずをのんでなりゆきを見守っているのだ。

磯谷先生がふたりに、なんと言うのか。どんな雷を落とすのか、期待しているに違いない。

アレイは、できるだけ知らん顔をして、何事もなかったようにふるまおうとした。座席に背中を丸めて座り、机に肘をついて、目の前の黒板に視線を上げる。

「すみませんでした。東側校舎の空き教室にいました」

アレイたちに代わって、伊波先生が、磯谷先生に頭を下げている。

Qは、心からリラックスした様子で、だらしなく席につき、長い足を思いっきり、前方に投げだした。椅子の脚を蹴られたヒカルが、また、ふり返って険悪な目でQをにらんだ。

しかし、そのときである。アレイは、信じられないものを見て、「ああっ！」と声をあげた。

思わず、前のめりに机の上に乗りだして、食い入るように黒板を見つめる。

「え？　なに、これ？」

黒板には、白いチョークで、かっちりとした文字がでかでかと書かれていた。

「前期・生徒会役員」

どうやら、アレイとQのいない間に、多目的室では、栗栖の丘学園の初代生徒会役員決めが行われていたらしい。そういえば「後期役員以降は、一年から九年までの全校投票で決めるが、スタートまもない今年度の前期生徒会役員だけは、八、九年生の互選で決める」と磯谷先生が、さっき説明していた。問題は、その大文字タイトルの横に並んだ、役員の名前だ。

生徒会会　長　江本匡史（九年）
　副会長　筒井　健（九年）
　副会長　田代有礼（八年）
　書　記　岡倉ひかる（八年）
　会　計　厩舎　修（八年）

アレイは、三番目に書かれた自分の名前を見つけて目をむいた。

副会長？　……どういうことだ⁉

「あ、俺、会計だ！」

Qが、なんだか嬉しそうに言った。アレイは、予想外の……、予定外の出来事に、頭の中が真っ白になっていた。

「どういうこと？　なんで？　なに、勝手に決めてんだよ！」

めずらしく、怒りがストレートに口をついて飛びだした。

「いないほうが、悪いんでしょ」

いきなり、前の席のヒカルがふりむいて、アレイに言い返す。その目つきは相変わらず険悪で、アレイをたじろがせた。

それでも、なお、アレイは、もぞもぞと反論した。

「こんなの、欠席裁判じゃん。なんで俺が副会長やんなきゃ、いけないんだよ。誰が、こんなこと決めたんだよ」

「俺が、副会長やろっか？」

なにを張りきっているのか、Ｑが妙に明るい声で、口を挟む。

「だめ！」

ヒカルがその申し出をぴしゃりと却下した。

「どっかにフケといて、今ごろ、なに、勝手なこと言ってんのよ」

Ｑの上機嫌に反比例するように、ヒカルの機嫌は最悪らしい。

磯谷先生が、口を開いた。

「これは、投票で決まったことだ。おまえたちは、投票のときに、ここにいなかったんだから棄権とみなす。いまさら文句を言うな」

磯谷先生は笑顔だったが、言葉は厳しかった。

「それに、考えてみろ。八、九年生は全員で五人だぞ。みんな必ず、なにか、役を引き受けるしかないんだ。副会長も会計も関係ないだろ。五人で助けあって、前期の生徒会を運営していくことになるんだからな。誰がどの役だって、同じことだ。わかったな?」

Qは、磯谷先生に見つめられてうなずいたが、アレイはうなずかなかった。でも、それ以上文句を言うことをあきらめ、椅子の背に体を預けると黙りこんだ。そして、それっきり、二時間目のオリエンテーションが終わるまで、ひと言も口を開かなかった。

やっと二時間目が終わり、多目的室を出たアレイとQを伊波先生が呼びとめた。

「田代、厩舎、今日、ホームルームのあと教室に残れ」

「なんで?」と、Qが無邪気にたずねたことが伊波先生の逆鱗に触れたようだった。みるみるうちに先生のこめかみに浮きでる青筋を見つめ、アレイは、こっそりため息をついた。

めんどうなことになりそうだ。

「な、なんでだって? おまえたち、まったく、反省してないのか? 新学期早々、二十分もオリエンテーションに遅刻しておいて……」

おまえたちってなんだよ、とアレイは思った。まあ、そりゃ、同じく反省はしてないけど……。Qとひとまとめにして、どなるなよ。

４
脱走

　伊波先生は、ぽかんとしているＱと、うんざりしているアレイの前で、キリキリと目を吊りあげている。

「一時間目のあと、三十分も、いったい、空き教室でなにをしてたのか、きちんと説明してもらうからな。『迷子になった』なんていうふざけた言いわけは聞かんぞ」

　覚悟しておけと言わんばかりに、伊波先生はふたりを正面からねめつけ、職員室の方角に歩みさっていった。

　遠ざかる、その後ろ姿を見つめながらＱが、アレイにささやいた。

「なんか、先生、機嫌悪くね？　なに、おこってんだ、あいつ？」

　なに、おこってんのかもわかってないのか、こいつは、とアレイは心の中で思った。

「最悪だ……」

　こんなやつとペアで説教をくらうなんて。こんなやつと、これからずっと卒業まで同じクラスだなんて——。

　アレイの口からもれたつぶやきをＱは聞いてなどいなかった。もう、さっさと三階へ続くピンクの階段をのぼっていく。

　右足から学校の中へ入ったのに、幸運のジンクスは崩れさってしまった。入学二日目にして担任から目をつけられ、知らぬ間に生徒会副会長を押しつけられ……、そしてなにより学校の廊下で迷子になるなんて、不運としか言いようがない。それにしても、どうしてあんなことが起こったのだろう？　あの空間は、どうして、どんな仕組みで現れたのだろう？　なんの弾みでアレイとQはあんな空間に迷いこむはめになったのだろう？　伊波先生は、きちんと説明しろと言うが、こっちが説明してほしいぐらいだ、とアレイは思った。

その日、三、四時間目の授業中も、アレイはあの不可解な出来事のことばかり考えていた。しかし、いくら考えても、筋の通った説明を考えつくことはできそうもなかった。

それどころか、考えれば考えるほど、自分の体験の現実味が薄れ、まるで夢か幻でも見ていたような気分になってくるのである。

Qは、あのことについてなにも言わない。そのことも非現実感の増すひとつの要因だった。まるで、何事もなかったように、あくびを連発し、貧乏ゆすりをくり返すQを見ていると、やっぱりあれは夢だったのではないかと思えてくる。

四時間目が終わり、アレイはQとヒカルの三人で教室の掃除をした。新学期は始まったが、どの学年も、今週いっぱいは短縮授業だ。掃除を終え、ホームルームが終われば下校ということになる。

ヒカルは掃除中もやはり、アレイやQと会話らしい会話を交わそうとはしなかった。

「そこ、もっと、ちゃんとはいて」とか。

4
脱走

「チリトリ、持っといて」とか。

「その机、先に下げて」とか、つっけんどんに指令を発するヒカルのすきをついて、Qがアレイに、こそっとささやいた。

「なんか、こいつも機嫌悪くね？　なんで、どいつもこいつもおこってんだ？　俺たち、なんか、悪いことした？」

俺たちってなんだよ、とアレイは思った。オリエンの間中、前の席のヒカルに、貧乏ゆすりの余震を送り続けてたのは、おまえだろ。ヒカルの椅子の脚を蹴っとばしてたのも、ぶつぶつ独り言言ってたのも全部、おまえじゃないか。もし、機嫌をそこねる原因があるとしたら、それは、おまえであって、俺たちじゃないだろ。

そう思ったが、なにも言わなかった。

掃除が終わり、翌日の予定を告げる短いホームルームが終わると、伊波先生は、アレイとQに「ちょっと、待ってろ」と言い置いて教室を出ていった。

生徒指導マニュアルでも確認しにいったのか、なにか先にかたづけるべき雑用があったのか、はたまた、扱いづらい生徒との対戦に備えてひと呼吸入れるつもりだったのか、わからない。

ヒカルはホームルームが終わると伊波先生より早くさっさと教室を出ていってしまった。

廊下を遠ざかる伊波先生の足音が完全に聞こえなくなった瞬間、Qが、がたりと席を立って言った。

「帰ろうぜ」

「……え？」

アレイは、驚いてQを見た。Qが、もう一度、早口に言う。

「帰ろうぜ。今がチャンスだ」

アレイは、Qを見つめたが、すぐ心を決めて立ちあがった。

「帰ろう」

Qの逃亡を阻止しようという気は、アレイにはなかった。と、なれば、ひとりここに残って伊波先生の説教を一手に引き受けるか、ともに逃亡者となるか、道はふたつにひとつだ。

アレイは、ふたつの選択肢をすばやく天秤にかけ、逃亡を決意した。

そもそも、ここに残っていたところで、今日の出来事に関して、先生が求めるような筋の通った説明ができるわけでもない。追及されればされるほど、事態が悪化するのは目に見えていた。

アレイとQがいなくなったと知れば、伊波先生は、烈火のごとくおこるだろう。しかし、そのほうが、かえっていいのかもしれない。

4
脱走

先生の怒りが、今日の一時間目と二時間目の間の空白の三十分間に集中するよりも、いっそ新たな問題に向いてくれたほうが、焦点がぼやけるのではないだろうか？

自分自身を納得させるために、へりくつをこねながら伊波先生がきっちり閉めていかなかった引き戸の隙間をするりとすりぬける。そのとき、アレイは、ふと、自分が廊下に左足を踏みだしていることに気づいた。

ドアを閉めようとして、人気のない教室をちらりとふり返ったアレイはそこに、昨日までの自分を置きざりにしたような心細さを覚えた。

先生の指示に逆らって、Qとふたり、学校から逃げだそうと廊下に左足を踏みだしている自分は、いったい、昨日までと同じ田代有礼なんだろうか？

南西の角のブルーの階段を下りかけたとき、下の階の廊下をこっちに歩いてくる足音が聞こえた。

「……こっちだ」

Qがパッと階段を駆けあがり、アレイを呼んだ。

「グリーンの階段から下りようぜ」

うなずいてあとに続くアレイに、Qがニヤリと笑いかけた。

「今日は逃げてばっかだな。一つ目の化けものから逃げたり、先生から逃げたり……」

Qのその言葉が、アレイに告げていた。

今日起きたことはすべて現実だと――。

「行こう」

アレイは短く言って、西側の廊下を走りだした。もう、左足から踏みだすこともアレイは気にならなかった。

5 コンビニ

アレイとQは、西側の廊下を一気に駆けぬけ、廊下の反対側の端にあるグリーンの階段を一階に向かって駆けおりていった。ランチルームの前を走りぬけて昇降口に向かう間も、アレイは廊下の暗がりをうかがわずにはいられなかった。あの一つ目の影が、どこかに隠れている気がしたのだ。

しかし何事もないまま、あっという間にふたりは下足箱にたどりついていた。

一つ目の影も蜘蛛も現れなかったが、それでも伊波先生が今にも追いかけてきそうで首筋がちりちりする。大急ぎで靴を履きかえ、昇降口から春の空の下に飛びだしたアレイとQはそのまま、後ろも見ずに、ひた走った。

弾丸のように校門を駆けだし、ひとつ目の通りの角を曲がったところで、やっとふたりは足を止め、ハァハァと息をついた。

通り沿いのコンクリート塀にもたれて横っ腹を押さえていたQが、突然笑いだした。

くっ、くっ、くっと、声を殺し、Qが笑っている。弾む息と、かみ殺した笑いの中で苦しそうにQが言った。

「脱走してやんの、俺たち……。いきなり、脱走してやんの」

柔らかな春風がふたりの間を吹きぬけていく。なんだか、たまらなくおかしくなって、思わずアレイも笑った。のみこもうとしても、声がもれる。弾む息の中で、アレイも肩をゆらし、クスクス笑った。

「伊波先生、おこってんだろうな」と、またQが言った。

「ひどくね？　スタートから説教、すっぽかしなんて」

アレイは必死にしかめっ面をつくって、Qをにらむ。

「おまえが、言うなよ」

Qが、笑いながら言い返した。

「おまえ、止めろよ。いっしょに逃げてんじゃねえよ」

ふたりは一瞬、視線を交わし、次の瞬間、がまんできなくなって爆笑した。一度爆発した笑いは、しばらく収まらなかった。

肺の中の空気を全部使いきるほど笑って、やっと、アレイとQの笑いの発作は収まった。

「コンビニ寄ってかね？」

5
コンビニ

そうＱに言われたとき、アレイはうなずいていた。なんで、俺、Ｑとつるんでるんだ？　と、心の中で首をかしげながら、Ｑにくっついて歩きはじめていた。Ｑは、モノレール駅のあるスーパー方面ではなく、ニュータウンの北の山に向かって歩いていく。

「俺さ、昼飯、コンビニで買うんだ。おごってやるよ」

Ｑに言われ、アレイは首を横にふった。

「いい。俺も今日、昼飯代もらってるから」

アレイの言葉に、Ｑはいっさいの質問を挟まず、ただ「あ、そう」と言って歩き続けた。

今ごろ、アレイの母親とアキナは、前の学校の友人やその母親連中とランチを楽しむために、以前住んでいた町に向かって車を走らせているだろう。

「今日、アキナとランチに行ってくるから、あんたは悪いけど、てきとーにお昼、すませといてよ。好きなもの買って食べていいから」

そう言って母は今朝アレイに昼食代をはずんでくれた。

「帰りは五時ぐらいかな。ランチのあと、アキナは前のピアノの先生んとこでレッスンがあるのよ。週一回のピアノだけは、どうしても、前の先生のとこで続けたいって言うから……。もうじき発表会だしね」

言いわけのようにそう言って、母はアレイに千円札を一枚くれたのだ。だから、コンビニで買い食いをする予算はたっぷりあった。

Qが向かったコンビニは町の外周道路のバス停前にあった。アレイはそんな所にコンビニがあることを今日まで知らなかった。そこは、モノレールの駅からのバス路線のはずれで、道路を挟んだ向かい側の区画では戸建て住宅と低層マンション建設のための造成が始まっていた。今後、ショッピングモールの誘致が予定されている町の中心部より、かえって住宅地に近いバス通りのほうが商売に有利だと考えたのだろう。しかし今はまだ、周辺に建つ家もまばらで、バス停のすぐ後ろには、ニュータウンの北に連なる山々が迫っていた。周囲からぽつんと浮いている感じがする。

むきだしの地面と、圧倒的な緑の境界に建つコンビニは、周囲からぽつんと浮いている感じがする。

それでも、広々とした店の隣の駐車スペースには、近くの工事現場からやってきたらしい作業車が何台も停まり、車内では昼休み中のおじさんたちが、弁当やらカップ麺やらをぱくついていた。

にぎわう駐車場に比べ、コンビニの店内は空いていた。

さて、なにを食べようか、と店内を見回すアレイの横でQは迷うことなく、いくつかの品物をさっさと棚から抜きだしていく。

メガサイズのカップ麺と、シーチキンマヨネーズのおにぎりを一個と、パック入りのフルーツ牛乳を一本。それを、レジに持っていったQは、店員のおばさんにひと言、「いつものやつ」と言った。

いつものやつ？　――アレイは心の中でくり返して、あきれ顔でQを眺めた。こいつ、すでにこのコンビニの常連なのか？

Qのひと言に、無愛想なおばさんは黙ってレジ横の保温ケースを開け、総菜のホットペッパーチキンなるものをひとつ取りだした。

さらに無言で、メガサイズのカップ麵にポットの熱湯を注ぎ、商品をひとまとめにすると、レジを打って金額を告げた。Qが、ポケットから引っぱりだした千円札を差しだす。

ぽかんとしているアレイをふり返り、Qはホットペッパーチキンをさしあげて言った。

「これ、うまいぜ」

「へぇ……」

アレイは、気の抜けた返事をしたが、めんどくさいので唐揚げ弁当と麦茶のペットボトルを一本レジに持っていって代金を払った。

「弁当、温める？」

レジ係のおばさんに無愛想にたずねられ、アレイは黙って首を横にふった。

「裏の公園行って、食べようぜ」

Qが出入り口の自動ドアに向かいながらアレイを誘う。裏の公園というのがどこにあるのか、アレイは知らなかったが、弁当とペットボトル入りの袋を提げて、黙ってQの後ろについていった。

公園は、コンビニの裏山にあった。歩道と山を隔てるフェンスの途中に、裏山の上へと続く遊歩道の入り口が開いていたのだ。アレイは、もちろん、引っ越してから今日まで、そんな道に足を踏み入れたことはなかった。

茂りはじめた雑草と雑木の間を、枕木を並べたような階段が伸びていく。つづら折りの急な階段だ。Qの誘いに乗ったことをアレイが後悔しはじめたとき、やっと階段は終点になった。のぼりきった先は、町を一望する山の中腹の小さな広場だった。べつに遊具類があるわけではないが、そこが公園らしい。

Qはもう、広場の隅のベンチにさっそく腰を下ろし、コンビニで調達してきたランチを広げはじめている。アレイは乱れた息を整えながら、眼下の町を見渡した。

ぼんやりと、とりとめもなく広がる青空の下に、生まれたての町が横たわっている。むきだしの地面、まばらな家、道路を走る車――。その町の真ん中に建つランドマークのような栗栖の丘学園を眺めていると、汗ばんだ体をくすぐって、春風が吹きすぎていった。

「俺、しょっちゅう、ここ、来るんだ。見晴らしよくて、気持ちいいから、よく、ここで飯食

5
コンビニ

うんだ」

　Qはそう言って、カップ麵をひと口すすり、「うへー。のびてやんの」となった。

　そりゃあ、そうだろう。ふもとのコンビニでお湯を注いでもらってから、三分なんてもうとっくに過ぎている。しょっちゅう来ているんなら、それぐらい考えろよ、とアレイは思った。

　Qの隣のベンチに腰を下ろして、アレイが弁当を広げはじめると、Qはのびたカップ麵をすすりながら、上目づかいにアレイを眺め、もごもごと言った。

「あのさ、おまえ、変わってるよな」

「は？」

　アレイは、口に運びかけていた鶏の唐揚げを空中に静止させて、険悪な目でQを見た。

　Qは、そんなアレイをおもしろがるように見つめ返して突然、ぽつんと言った。

「八十二」

　とまどうアレイを見て、Qはかすかに口の端を持ちあげた。

「ここまでのぼってくる階段の数だよ」

　言われなくてもアレイにはわかっていた。あの急な階段をのぼる間中、無意識に心の中で段数を数えていたからだ。

ズルズルとカップ麵をすすってから、またQが言った。

「九百十一」

アレイは用心深くQをうかがう。「九百十一」という数字がなにを意味するのか、アレイにはわからなかった。

「学校前の通りからコンビニの入り口までの俺の歩数だよ。おまえも数えてただろ?」

メガサイズのカップを傾け、ごくりと汁を飲んでから、ズバリQが聞いた。アレイは沈黙を守りながら心の中でこっそりとうなずく。アレイが数えたコンビニまでの歩数は、「九百七十二」だった。Qがまた口を開く。

「さっき、あの正方形の教室のある学校の廊下で言ってたじゃん。『歩数が多い』って。あの東側校舎の廊下が、六歩多いって、言ってただろ? だから、思ったわけだ。あ、こいつ、いつも歩数数えてんだな、ってさ」

「いつもじゃねえし」

アレイは、もぞもぞと言い返したが、それはうそだった。ほとんどいつも、アレイは自分の歩数を意識せずに数えてしまう。Qはちょっと眉をひそめて、しかめっ面になった。

「いつもじゃなかったら、あんなこと気づかねえって。まあ、でも、おまえが『いつもじゃない』って言うんなら、それでもいいよ。なんで、数えるんだ?」

5
コンビニ

「え？」

とまどうアレイに、Qは重ねてたずねた。

「なんで、自分の歩数なんか数えるんだ？　おまえ、なんでかなって考えたこと、ある？」

アレイは今度も、なにも答えずに黙っているしかなかった。いつも同じ歩数で、同じコースを歩くとスッキリするから？　立ちどまった次の一歩を右足から踏みだしたいから？　……しかし改めて「それは、なぜだ」とたずねられたら答えようがない。なぜ自分が歩数なんかにこだわるのか、アレイはわからなかった。

答えられないアレイの前でQは言った。

「俺もさ、数、数えんのにはまったこと、あるんだ。たぶん、三つぐらいんとき……」

数を数えるのにはまる三歳児と聞いてアレイはちょっと驚いたが、Qなら、ありうる気がした。

Qが続ける。

「どうやって、数を覚えたのか、数っていうものがあるって知ったのかは、わかんねぇんだ。気がついたら、なんでもかんでも数えてた。まず、靴だろ？　家中の靴を並べてさ、玄関で数えんだ。それも、毎日」

迷惑な三歳児だ、とアレイは思った。

「それから、傘とかさ。本棚の本とか、洗濯バサミだろ？　あと、食器棚の中のコップとかスプーンとか、箸とか……。いちいち、数えないと気がすまなくってさ。ていうか、数えると、すごく気持ちいいんだ。なんていうか、ホッとして、幸せになるんだよな」

ホッとして、幸せ？

アレイは心の中で聞き返していた。Qがまたしゃべりだす。

「だってさ、数字って、すっごく、きちんとしてんじゃん。まず1があって、そっから、ひとつずつ順番に増えていって、ずっと、どこまでいっても、そのシンプルなルールは絶対ゆるがないだろ？　途中で一個飛ばしになったり、二個すっ飛んだりしない。みんな、どこまでも、まじめに並んでてさ。俺、そう思うと、すっごくホッとするんだ。世の中って、けっこうでたらめで、めちゃくちゃに見えるけど、じつは、絶対変わんない仕組みがあるんだって……ゆるがないシステムに貫かれてるんだって思うだけで安心なんだよな。だから、ちびんときは、数ばっか数えてた」

アレイは黙っていたが、Qの言葉の意味がわかる気がした。ゆるがないルール、乱されることのない秩序の中で暮らすことがなにより好きだったからだ。考えてみれば、アレイは無意識のうちに、とりとめもなくでたらめなこの世界から自分を守るための、ささやかなシェルターを築こうとしていたのかもしれない。それが歩数を数えることであり、同じ足から一歩目を踏みだすことであり、お馴染みのボウルに定量のミルクを注いでシリアルを食べるという儀式だったのではないだろうか？　……そんなことを考えているアレイの横で、またQがしゃべりだした。

「数ってさ、人類にとって、大発見だったと思うぜ」

そう言ってから、Qはアレイを見つめてもう一度くり返した。

「大発見、ここが大事なんだ。発明じゃない。科学の法則や公式は、全部、発見であって発明じゃないって知ってたか？　だから、どんなにすごい公式を見つけても、特許権とかはないんだぜ。ピタゴラスの定理も、フィボナッチ数列も、フェルマーの最終定理も、オイラーの公式も……人間が考えて作ったんじゃなくって、最初からこの世界の中にあったルールを、ただ見つけただけってこと。数もそうだ。1も2も3も0も√も、マイナスも、πも、eも、iも、全部、最初っから、この世界の中に存在していて、ただ、誰も、長い間、その存在に気づいてなかっただけなんだ。数を発見したおかげで、人間は、ちょっとだけ、この世界のからくりがわかるようになった」

「からくり？」

アレイは、小さな声で聞き返した。Qは嬉しそうにうなずいて、アレイを見る。

「だってさ、数を見つける前は、俺たち、一日の時間を数えることも、一週間、一か月、一年を数えることもできなかったんだぜ。地軸の傾きの角度も、地球の公転軌道の距離も、数が発見されて、やっとわかるようになったわけだろ？　それまではさ、星は気まぐれに空をめぐるし、月は勝手にふくらんだり欠けたりするし、ときどき、神さまがかんしゃくを起こすと昼間なのに太陽が隠れちゃったりするってみんな思ってたんだよ。でも、違った」

Qの目が輝いた。

「そういうことは、じつは、きちんと定められた秩序と法則の上に成り立ってるんだってわかったんだ。神さまは……まあ、神さまってもんがいたとしてだけどな……、その神さまはさ、適当に世界をつくったわけでも、かんしゃく持ちで、でたらめに世界に干渉してるわけでもなかった。ものすごく緻密な計画の下、パーフェクトな世界をつくりあげたらしいんだ。人間は、数を手に入れたおかげで神さまの設計図の一部を理解できるようになったわけだ。たとえば地球の地軸は公転軌道に対して二三・五度傾いていることや、その傾きのせいで季節の違いが生まれることや、二十三時間五十六分四秒かけて自転していて、その自転が朝と夜をつくってるとか、そういうからくりがさ。もういっぺん言うけど、大事なのは、それは人間の発明じゃなく、人間が気づくずっと前から、もうちゃんと存在していて、この世界のシステムとして機能してたってことなんだ。ニュートンが発見するよりずうっと前から、ふたつの物体の間に働く万有引力は、両物体の質量の積に比例し、距離の平方に反比例してたんだよ。すげぇだろ？」

「うん……。かもな」

万有引力の法則あたりからQの話についていけなくなったアレイは、あやふやにうなずいた。でも、なんとなくQの興奮を理解できる気はした。

Qはとうとう、のびたカップ麺をすすり終え、底に残った汁を飲んでいる。やっと空になったカップから顔を上げたQは、幸福そうにフウッと息を吐き、言った。

「俺、なんで数学が好きかっていうとさ、この世界のからくりに興味があるからなんだ。知ってるか？　オウム貝の渦巻きを五百万倍に拡大するとハリケーンの渦巻き雲になって、それをまた六十兆倍すると、渦巻き星雲の形にぴったり重なるんだぜ。一見無関係に見えるものがじつはつながってるんだ。オウム貝にも、ハリケーンの渦にも渦巻き星雲にもくり返し黄金比が現れるんだ。不思議だろ？　1・618っていう数字が無関係に見えるものをつないでる。数字がなきゃ、俺たちは、カオスの中から神さまの設計したプランを見つけだすことができない。たぶん、数字って、神さまの設計図を読み解くための言語なんじゃないかって思うんだよな」

そのとき、アレイの心の中にひとつの言葉が浮かんだ。

——はじめに言ありき、言は神とともにあり、言は神なりき——。

新約聖書ヨハネ伝福音書の冒頭の言葉だ。神の言とは、数字なのだろうか……。そんな考えが胸をよぎった。

ホットペッパーチキンとおにぎりを食べる準備に取りかかっていたQが、ちらりとアレイを見た。

「おまえさ、やっぱ、変わってんな」

アレイは、むっとして、無言でQをにらんだ。

Qが、にこにこと笑いながら、おにぎりをほおばる。そして、もごもごと口を動かしながら、アレイに言った。

「違うって。変わってるって言ったのは、おまえがいっつも歩数を数えてるからじゃないって。おまえ、よく俺の話につきあってんな……と思ってさ」

「え？」と、アレイは首をかしげる。Qは、そんなアレイを見て、また笑った。

「だってさ、俺が、数学の話をしだすと、みんな、あくびするか、話題変えるか、どっか行くかなんだぜ。最後まで、まじで聞いてたの、おまえが初めてだから……。だから、変わったやつだなって思ったんだよ」

「変わってて悪かったな」

アレイはそうつぶやいて、ばくばくと弁当をほおばった。それから思いついて、ずっとたずねたかった質問をQに投げかけてみた。

「おまえさ……、さっき、あの正方形の教室で、魔方陣(まほうじん)がどうとかって言ってただろ？」

「うん、言った」

Qがうなずいて言う。

「あの魔方陣さ、ひとつだけ数字が合ってなかったんだ」

「あの魔方陣て、どの魔方陣？」

またついていけなくなったアレイは、あわててQに聞き返す。

Qはホットペッパーチキンを食べながら、アレイを見て言った。

「魔方陣て知ってんだろ？」

アレイはうなずいた。

「ああ。4×4とか、5×5とか、縦と横が同じ数のマス目の中に数字が並んでて、それぞれの列の数字の合計が、どれもみんないっしょになるってやつだろ？」

「そう、そう。もうちょいつけ加えると、マス目には、1からマス目の数までの異なる数字をはめこむんだ。4×4のマス目なら、1から16、5×5のときは1から25までの数字を入れて、縦、横、斜(なな)めの数の合計がすべて等しくなるようにする」

Qは先を続ける。

「あの正方形の教室の床は、魔方陣になってたんだよ。縦六枚、横六枚、合計三十六枚の正方形のパネルを敷きつめた床は、つまり、6×6のマス目と同じだ。そのマス目の中に、1から36までの数字が並んでたんだ」

「数字って、どこに?」

アレイには、あの床のどこかに数字が書いてあったようには見えなかった。一枚一枚のパネルには寄せ木細工のような三角形の模様が描かれていただけだ。

Qがチキンをのみこみ、また口を開く。

「あの床のパネル、一枚一枚模様が違ってたろ? 一本の対角線で二分割されて、三角形ふたつがくっついたみたいになってるやつとか、四分割されて、三角形が四つあるやつとか……。四分割された四つの三角形のうちのひとつがさらに二分割されてるやつとかさ。なんで全部模様が違うのか気になったから、三角形の数を数えてみたんだ。そしたら、二、三列を数えたとこでピンときた。あのパネルの三角形の数は数字を表してんだってさ。……いや、何分割されてるかで数字を表してるって言ったほうがいいかな。二分割されて三角形二枚のパネルなら『2』。四分割されて三角形が四枚なら『4』。分割されてないパネルは『1』。十二分割なら『12』……。あの教室の床は、6×6のマス目になってるわけだから、そのマス目にもし、1から36までの数字が記されているんだったら、魔方陣が作れる。あとは、並べ方を考えて、縦、横、斜めそれぞれの列の六つの数字の合計が、全部同じになるようにすればいいんだ。……で、実際あの床は、そういうふうに数字が並んでいたんだよ。ほとんど完璧に――」

Qの話を聞きながら、唐揚げ弁当を食べていたアレイは、そこで口を挟んだ。

「ほとんど完璧って？」

Qは、フルーツ牛乳をごくりと飲んで、また話しはじめた。

「魔方陣の全部の列で等しくなる和のことを、定和って言うんだけどさ、定和には公式があって、6×6の魔方陣の定和は111になることになってんだ。あの正方形の床の魔方陣は、縦の列も、横の列も、斜めの列も六つの数字の和がほとんど111になるようにうまく並べてあった。でも一枚だけ、間違ったパネルが紛れこんでたせいで、そのパネルの周りだけ定和がくずれちゃってたんだ。本当は、『11』を入れなきゃいけないマス目に『3』の数字が入ってたから……」

「『3』のパネルと、『11』のパネルの位置が逆になってたってことか？」

アレイが聞くとQは首を横にふった。

「違う。『3』のパネルは、もう一枚、ちゃんとあって、その『3』の位置は正しいんだよ。『11』の数字が入るはずのところに、どういうわけか二枚目の『3』のパネルが敷いてあったから定和がくずれたんだ。『11』のパネルは、あの床のどこにもなかった。1から36の数字の中で、『11』だけがなくて『3』が二枚。だから魔方陣が完成しなかったってこと」

「なんで、そこだけ、間違ってたんだろ？」

アレイは、冷えた唐揚げの最後のひと口をほおばりながら考えこんだ。

「わかんないな」

Qは、フルーツ牛乳をまたひと口飲んで思いだしたようにアレイを見た。

「でも、その間違ったパネルって、おまえと俺が、ふたりで踏んづけたやつだぜ」

「ふたりで踏んづけた？」

アレイは思わず唐揚げをのみくだして聞き返した。Qがうなずいて答える。

「そうだ。ほら、あせって足がからんで転びそうになったとき、おまえも俺も同じパネルの上に足をのっけて、ふんばったんだよ。それが、正しくないほうの『3』のパネルだった。正方形が一本の対角線で二分割されて三角形がふたつ。そのうち片一方の三角形がもう半分に分割されてたから表してる数は『3』だったってこと」

アレイの胸の中に、もやもやとした疑問が渦巻きはじめた。

あの正方形の教室は唯一、実際の栗栖の丘学園の一階にあるはずのない教室だった。

そして、その教室の床に描かれた魔方陣の中で唯一、二枚目の『3』のパネルだけがそこにあってはいけない要素だった。

5
コンビニ

間違った教室の中の間違った数字。その数字の描かれたパネルを踏んだ瞬間、アレイとQは、元の学園に戻ったことになる。

なぜ、そうなったのだろう？　そのことに、どんな意味があるのだろう？

空になった弁当を見つめたまま考えこむアレイの横でQが大きな伸びをした。

「さあて、そろそろ、帰ろっか？　弁当、食っちゃったしさ」

「ああ……うん……」

つかめそうにない答えを追いかけていたアレイは、うわの空で答える。Qは、散らかしていたゴミを、コンビニの袋の中にまとめはじめた。

「チェッ。カップ麺のフタ、あっちに飛んでやんの」

そう言って、Qはベンチを立った。そして突然、「うおおっ！」と叫び声をあげた。

アレイは、思わずギクリと肩を持ちあげ、Qをにらんだ。

「なんだよ。変な声、出すなって」

しかし、Qはアレイのほうなど見ていなかった。棒立ちになったまま、アレイが背を向けている広場の一点を見つめたまま動かない。Qの口をついて、意味のわからない言葉がもれた。

「なんだ？　あいつ、どっから来たんだ？」

「なにが？」

アレイはそう言いながらふり返り、Qの視線の先を見た。

「う……」

アレイはうめいた。

誰もいなかったはずの広場の真ん中に、妙なものが現れていた。

猿だ——。大きな、猿だ。

アレイとQのいるベンチから、一〇メートルと離れていない。

小さな広場の真ん中に座って、猿はまじめくさった赤面で、じっとこっちを見ていた。

一瞬、デジャビュのようにアレイの脳裏には、夢の中で猿と向きあっていた自分の姿が浮かんでいた。——そのとき。

「ツイテコイ」

突然、くぐもった声がアレイの頭の中に響いた。

え?

アレイとQは一瞬、その声がどこから聞こえたのかわからず、キョロキョロとあたりを見回した。

「コッチダ、ツイテコイ」

ひょいと、猿が腰を上げた。くるりと、アレイたちに背を向け、広場の奥に向かって、ゆっくりと歩きだす。尻を高く上げ、両手を地面について、いかにも猿らしいやり方で歩いていく。

広場のつきあたりの手前で、猿は立ちあがり、肩ごしに、アレイたちをふり返った。

また、あの声が聞こえた――。

「ツイテコイ。伝エルコトガ、アル」

「猿……。猿が、しゃべった！　あの猿、しゃべってるぞ！」

Qが、アレイの腕をつかんでゆすぶった。

「あ……ああ」

やっとの思いでうなずき返しながら、アレイはまた、夢の中の猿のことを思いだしていた。

立ちすくむアレイの横でQが、しぼりだすように言った。

「あいつ……、あいつ、もしかすっと、俺の夢ん中に出てきた猿かもしんない……」

「え？」

アレイは混乱しながら、Qと猿をせわしなく見比べ、思わず聞き返した。

「夢？　……しゃべる猿の夢、おまえも、見たのか？」

今度は、Qが目を丸くしてアレイを見る。

「げっ、なに？　おまえも？　おまえも、しゃべる猿の夢、見たの？　……じゃ、これも、夢か?」

　なぜ、じゃあ、これも、夢——だという結論に達するのかは別として、アレイも、その意見に飛びつきたくなった。いっそ、今日学校で起きたことも、今、目の前で起きていることも、全部夢だと思えばスッキリする。長い、長い夢を見ているのだと思えば……。

　しかし、広場のはずれの猿は無情に言った。

「夢デハ、ナイ」

　アレイとQは、ただ顔を見合わすしかなかった。

　猿は、そんなふたりを、じっと肩ごしに見ている。そして、また、あの声が聞こえた。

「ツイテコイ。コッチダ」

　アレイは、その言葉を聞きながら、ちらりと山すそに向かう階段のほうを見る。

　このままこの急な階段を駆けくだって猿から逃げおおせるだろうか?

「どうする?　逃げっか?」

　Qもアレイの視線に気づいたのか、ひそひそと言った。

　すると、猿が吠えた。「ウォー」とも「ギャア」ともつかぬ声をあげて、リアルに吠えた。

「うわ、猿、おこってんぞ!　逃げようとしてるって、バレたんじゃね?」

　もう一度、あのくぐもった声がした。

5
コンビニ

「ツイテ、コイ。伝エナケレバナラナイコトガアル」

それは咆哮のときとは違って、直接、頭の中に響いてくるような声だった。夢で見たときのように、距離に隔てられることもなく、ダイレクトに頭の中に響いてくる。

その声がさとすように言った。

「今日、オマエタチノ身ニ、ナニガ起コッタノカ、教エテヤル。オマエタチガ、迷イコンダノハ、ドコナノカ。ナゼ、ソコニ、入リコンダノカ——。ソシテ、ドウシテ、ソコカラ、脱ケダスコトガデキタノカ——。ソレヲ、教エテヤル。ダカラ、ツイテ、コイ」

じっと猿を見つめていたQが言った。

「行ってみようぜ」

アレイも猿を見つめたまま、ささやく。

「罠かもしれないぜ」

「うん」とQはうなずき、「でも、答えを知りたいだろ?」とアレイに言った。

アレイはしばし沈黙したが、やがて「うん」とQにうなずき返した。

Qが、アレイを見て、にんまり笑う。

「じゃあ、行こうぜ」

見ると、猿はもう歩きだしていた。猿が大きな体でかき分けた茂みの奥に、細い道の入り口らしきものが見えた。

小さな広場の奥から山頂に向かって、細々とした道が続いているようだ。

「あれ？　あんな道、あったっけなあ……」

Qがつぶやくのが聞こえた。猿は、その道をのぼっていく。

アレイとQも、広場を横切って歩きだした。

6 猿

古い道だ。

広場の奥から山頂へ伸びる道を歩きはじめてすぐアレイは気づいた。木と下草に覆われ、ほとんど消えてしまいそうになっていたが、長い間踏み固められた跡が、それでも、かすかに残っている。

コンビニ裏から広場までの遊歩道のように、最近新しく整備された道ではない。

ここにニュータウンができるずっと前から、誰かこの山の頂上に続く道をたどる者がいたようだ。でも、なんのために？　こんな山の上に、なにがあるのだろう？

そう考えながらアレイは、自分が歩いてきた道筋を一瞬ふり返った。細いかすかな道はもう、雑草と木々の茂みにのみこまれて見えなくなってしまっている。

これは、やっぱり、なにもかも、夢の中の出来事なのではないだろうか――？

山頂に向かって足を進めながら、アレイはまた、そんなことを考えていた。

猿は、アレイとQのずっと先を進んでいるようだ。姿は見えないが茂みをざわざわとかき分けている音がする。

道の両側からはみだす木立の枝がぴしぴしと腕や頬を打ち、アレイの前を行くQが、「うわ」と声をあげ、顔の周りを手で払った。どうやら蜘蛛の巣に引っかかったらしい。

これがもし夢ならすごくよくできた夢だ——とアレイは思う。

どこかで鳥のさえずりが聞こえる。急な斜面を一歩のぼるたびに太股がつっぱる。じんわりと汗が噴きだす。

木と土の匂いの風が、アレイとQの間を吹きぬけていく。

しばらく行ったところで、急にQが立ちどまったので、アレイは、その背中にぶつかりそうになりながら足を止めた。

「急に……」

止まるなよ、と言いかけて、目を上げたアレイは自分たちがひらけた山の頂にたどりついていることに気づいた。

からまる藪と茂った林は、アレイの後ろでとぎれ、目の前には、やせた松の木がひょろひょろと生える赤土の地面が広がっている。

むきだしになった地面のてっぺんには、巨大な岩がニョキリと生えだしていて、猿は、すで

6
猿

にその岩の上に陣取り、じろりとアレイたちのことを見下ろしていた。

「あいつ……」

Qがなにか言いかけた、そのとき。

あのくぐもった声がアレイの頭の中に響いてきた。

「気ヲツケロ。黄泉ツ神ガ、目覚メタ」

なんのことだろう?

ヨモツカミ――?

アレイとQは無言で顔を見合わせる。

猿のいる岩とアレイたちとの距離は、せいぜい十数歩といったところだろう。その距離を飛び越え、猿の声はストレートにアレイの頭の中に響いてきた。

「黄泉ツ神ヲ、見ツケネバナラナイ。見ツケダシ、地ノ底ノ冥キ場所ニ追イ戻サネバ、コノ地ハ、大イナル災イニ覆ワレル」

「しゃべってる! あいつ、あんなに、ぺらぺら、人間の言葉がしゃべれるんだ。すげえな」

興奮しているQを、アレイは「しっ」と言って黙らせた。

猿は続ける。

「聞クガヨイ。国ワカク、浮ケル脂ノゴトクシテ、海月ナス漂エル時、葦牙ノゴトク萌エアガル物ニヨリテ、神々ガ生マレタ」

『古事記』だ……。

アレイは、猿の言葉は、日本最古の歴史書といわれる『古事記』の冒頭とほとんど一致していることに気づいた。

「え？　なに、アブラとクラゲが、どうしたって？」

問いかけるQを、また「しっ」と言って黙らせる。すると猿は、『古事記』の記述にはない言葉を語りはじめた。

「ソレヨリ、幾星霜モノ永キニワタリ、神々ノ淘汰ノ時代ガ幕ヲ開ケタ。競イ、争イ、セメギアウ神々ノウチ、敗レ去リシ者ハ地上ヲ追ワレ、地ノ底ノ冥キ場所……即チ、黄泉ツ国ニ潜マッタ。コノ神々ヲ、黄泉ツ神トイウ」

「なんで猿がしゃべんだよ。意味わかんねぇし……」

Qはぶつぶつ言っていたが、猿の言葉はとぎれることなくアレイの頭の中に流れこんできていた。

「カタヤ、地上ニ残リシ神々ヲ、天ツ神トイウ。天ツ神ハ、ソノ宿リ場ヲ、地上ニ生マレ出ズル新シキ生命ノウチニ定メ、スベテノ生物ノ身中ニ隠レ、鎮マッタ」

そこでやっと言葉を切り、猿は、右腕を後ろに回して、背中のあたりをかきむしった。

6
猿

と、そのときである。山の静寂を破って、突然、携帯の着信音が鳴り響いた。アレイは、ぎょっとして息をのみ、Qは「わっ！　わっ！　わっ！」と大慌てでポケットをまさぐりはじめた。

「はい！　もしもし？」

やっとポケットから引っぱりだした携帯を耳にあてるQをあぜんと見つめながら、アレイは心の中でつぶやいていた。

――ここ、電波、届くんだ……。こいつ、この状況で、携帯に出るんだ……。

「あ、お姉ちゃん？　今、どこにいるかって？　……うーんとね、コンビニの裏山のてっぺん。え？　なんで、そんなとこにいるんだって？」

誰かとつながっているQの携帯はアレイに、今、自分のいる場所が、夢の中などではなく、現実の真っ只中なのだと教えていた。

「全部、現実……なのか……」

確認するようにつぶやくアレイの言葉に猿は、また、ひとしきり背中をかくと、歯をむきだして笑った。

「サッキ、言ッタハズダゾ。コレハ、夢デハナイ。現実ダ」

「だからさ、ちょっと、今、ややこしいことになってんだって。今、取りこんでるの。え？

誰かといっしょなのかって？」

携帯に向かって、しきりに言いわけをしているQが、ちらりと、アレイと猿を見た。

アレイは心の中で自分に問いかけた。

これが現実なら、なんで、こんなことが起きるんだ？　なんで、なんにもないハゲ山のてっぺんで、猿がしゃべってるんだ……？

質問を猿にぶつけたつもりはなかったのに、アレイの問いかけに猿は反応した。

「オイ」と、猿は言った。でっぱった額を、ぐっと下げ、不機嫌な顔でアレイをにらんでいる。

「おまえ、猿やと思って、なめとんちゃうか？」

猿は突然、方言交じりのくだけた調子でそう言った。その声も今までのように、くぐもってはいない。キンキンとしたかん高い声がアレイの頭の中に響いてくる。その声はQにも届いているようだった。

「な、なんだ？　今の、関西弁？」

Qは、携帯を耳にあてたまま、びっくりして猿を見ている。

猿は驚くふたりに向かって、キンキン響く言葉を発した。

「『なんにもないハゲ山』？　おまえら、なんのために目ん玉くっつけてんねん。それ、飾りか？」

Qが、またあわてて、携帯にしゃべっている。

「違うって、お姉ちゃんに言ったんじゃないって。猿が関西弁しゃべってっから、驚いただけ……。とにかく、今、取りこんでっから、切るぜ。あとで、ちゃんと、家、帰って説明すっから。家、帰れたら、だけど……とにかく、切る！」

Qは携帯を切り、猿は言葉を続けた。

「ようく、見てみろや。俺がのっかっとんのは、なんや？　なにが『なんにもないハゲ山』や。ここは、神の『天関』やぞ。この岩は、この世と黄泉ツ国を隔てる、扉の封印やぞ、岩戸やぞ」

携帯をポケットにねじこんだQは、改めて、興奮した様子で猿を見てアレイに言った。

「おい！　聞こえてる？　猿が関西弁しゃべってるぞ！」

もちろん、アレイにも聞こえていた。猿はまた、頭の中にしゃべりかけてくる。

「だいたい、この岩戸を掘り起こしたりするから、えらいことになってもうたんやぞ」

「俺、そんなことしてないぜ」

Qがすかさず言い返すと、猿はイラついたように、またちょっと背中をかきむしった。

「おまえが、やったって、誰が言うてん？　ここを掘り返したんは、ニュータウンの工事関係者や」

猿はいかにも情報通らしく言葉を続ける。

「栗栖台ニュータウンの計画では、最初、この山の頂上に展望台をつくる予定やったらしい。結局予算の関係かなんかで取りやめになって、この下にしょぼい広場をつくって、おしまいになったんやけど、その前に岩戸を、掘り起こすだけ掘り起こしてしまいおったんや。それで、黄泉ツ国との間の扉が開いた。まったく、いらんことするで。近ごろのホモ・サピエンスは、あかんな。昔の人は、この岩戸に触れたらあかんと、よう、知っとった。知っとるから、この岩を神の磐座として大切に祀っとったんや。おまえらがのぼってきた道は、古来、その磐座の祀り場へと通じる道やったんや」

「岩戸……」

アレイは小さくつぶやき、心の中で思いをめぐらす。

イワト……という言葉でまず思いだすのは、天照大神が引きこもったという「天岩戸」だ。

アレイの脳裏に、『古事記』の一節が浮かぶ。

――ここに天照大御神見畏みて、天の石屋戸を開きてさしこもりましき。ここに高天原皆暗く、葦原中国悉に闇し――。

しかし、黄泉の世界と地上とを隔てる扉ということなら、天岩戸ではなく、千引石のことだろうか。黄泉の国から逃げ帰る伊邪那岐命が追いかけてきた伊邪那美命を退けるために自ら黄泉の国への出入り口をふさいだとされる大岩だ。

しかし、その岩が、こんな名もない山のてっぺんにあるはずがなかった。『古事記』には――かれ、その謂はゆる黄泉比良坂は、今出雲国の伊賦夜坂と謂ふ――と記されている。とにかくこの栗栖台ニュータウンのはずれのコンビニの裏山にあるはずはないのだ。

猿は、また額を上げ下げして、胡散くさそうにアレイを見た。

「あのな、黄泉ツ国の出入り口がひとつだけやと思っとんのか？　封印が一か所だけやと思うんか？」

アレイは、ドキリとして猿の赤面を見る。どうやら、この猿は、アレイの心の内を見透かしているようだ。

「そないなわけ、ないやろ。地下鉄かて、地上への出口がいっぱいあるやないか。なんで一か所だけやと思うねん。しっかりせえよ、ホモ・サピエンス。おまえら、『考える猿』とちゃうんか。もっと、よう考えろ」

「すっげえムカつく猿だな……」

Qが、小さな声でつぶやいた。すると猿は笑った。歯ぐきをむきだしにして、人を馬鹿にしきった表情を浮かべ、岩の上で笑った。

そしてまた、頭の中には関西弁で語る猿の声が響く。

「黄泉ツ国とこの世をつなぐ出入り口は、当然そこらじゅうにあるんや。そこをふさいで、黄泉ツ神の侵入を防いどるんが封印の岩戸や。この地の封印の岩戸が掘り返されたせいで、黄泉ツ神が地の底の冥いところから出てきおったっちゅうこっちゃ」

アレイは、猿の言葉を聞きながら目の前の巨大な岩を見つめていた。

これが岩戸――。黄泉ツ国とこの世を隔てる扉の封印――。灰色のゴツゴツとした岩は、赤土の上に頭をつきだし、押し黙って、アレイをじっと見返してくるようだった。

猿の言葉が続く。

「この世に現れた黄泉ツ神は、いったん、この世と黄泉ツ国の間に入りこみ、そこに隠れ処をつくってその中でひそかに増殖を開始する。陽の光をさえぎる繭をつくり、その繭の中に本物の世界とそっくりの幻の世界を生みだし、そこでどんどん増えていく。この繭の中の幻の世界をカクレドというんや」

「カクレド……?」

アレイは、その言葉をかみしめるように小さくつぶやいた。

猿が岩の上から、アレイとQに向かって、大きく身を乗りだした。

「今日、おまえらが迷いこんだとこや。あそこが黄泉のカクレドや」

6
猿

「え？」

アレイとQは同時に声をあげて、顔を見合わせていた。猿は、前かがみに乗りだしたまま、勢いよく背中をかいている。

アレイは、とまどい、混乱しながら、背中をかく猿を見つめた。

あれが？　あそこが、猿の言う、カクレドだったのだろうか？　あの、栗栖の丘学園そっくりの、霧に包まれた場所が――。

突然猿は、背中をかくのをやめ、体全体を岩の上でゆらし、アレイの心の問いに答えた。

「そうや、そこや」

どうやらアレイの心のつぶやきを察して全身で大きくうなずいているらしい。

それから猿は、少し皮肉めいた口調で言った。

「ま、俺はそんなとこに迷いこんだりせえへんけどな。おまえらみたいに、どんくさくないから。黄泉ツ神のひそんどるカクレドの中なんて絶対入りたくないしな」

「やっぱ、すっげえ、ムカつく……」

Qのつぶやきを無視して猿は続けた。

「黄泉ツ神は、わざわざ、この世界とそっくりのカクレドをつくるんや。本物そっくりに見えるが、本物やない。おまえらが今日、迷いこんだカクレドも、学校とそっくりやったやろ？

まるで、本物の栗栖の丘学園みたいやったやろ？　でも、それはな、あいつらがつくりだした幻や。あいつらはその幻の中にひそんで増えていきよるんや」

アレイは、がまんできなくなって、声に出して猿に問いかけた。

「あいつらって、霧の中から出てきた、一つ目の影のことか？」

「ちゃう」

素っ気ない猿の言葉が頭の中に返ってくる。

今度はQが声に出して聞いた。

「じゃあ、あの、黒い蜘蛛みたいな虫？」

「ちゃうがな」

猿は、イラついて、背中をかきむしった。

「一つ目の影は、そら、たぶん、黄泉ツ軍やろ。黄泉ツ神が、カクレドを包む黄泉ツ繭からつくりだす、カクレドの番兵みたいなやっちゃ。黒い蜘蛛っていうのは、おそらく、土蜘蛛や。あいつらはもう、神なんて呼べるもんやない。神々の淘汰に敗れ、黄泉ツ国に鎮まることさえできず、この世をさまよう、古の神のなれのはてや。人間の恐怖をくらってなんとか暮らしとるが、太陽の光の届くこの世では定まった姿を持つことさえでけへん。黄泉ツ繭に守られたカクレドの中でだけ、かりそめの姿を現すんや」

6
猿

——黄泉ツ繭……。

アレイが心の中でくり返した言葉に、猿は説明をつけ加えた。

「黄泉ツ繭っていうのはカクレドを包む、白い霧のような膜や。黄泉ツ神が吐きだす、毒気でできてるんやそうや」

毒気でつくられた霧のような膜。……だからQは、あの霧に足をつっこんだとたん、その毒に冒されたということか……。

Qが、口をとがらせて猿に言った。

「じゃあさ、その黄泉ツ神ってのは、どこにいたんだよ。俺たち、会ってないぜ」

「黄泉ツ神は、そう簡単に姿を見せへん」

猿は偉そうに言う。

「あいつらは、カクレドのどっかに隠れて、増殖してるんや、こっそりとな……」

栗栖の丘学園のようで、まったく違う場所——。

やはり、あそこは、現実の学校ではなかったのだ。現実の世界の外にある、カクレドと呼ばれる場所だったのだ。

しかし、なぜ？

なぜ、俺たちは、そんなところに迷いこんだんだ？

アレイには、そこが理解できなかった。

猿はなぜか、今度はアレイの心の中の問いに答えようとはせず、ただ、しゃべり続けた。

「黄泉ツ神が増殖し、その数が増えるほどに、黄泉ツ繭に包まれたカクレドは巨大化していく。やがて、この世と黄泉ツ国の間に収まりきられへんほどに育ったカクレドは弾け、その中からは、無数の黄泉ツ神たちが、いっせいにこの世界へとあふれだしてくるのや。そうなったら、もう手がつけられへん。ええか？　そうなる前に、カクレドの中にひそむ黄泉ツ神を見つけだすんや。あいつらを、地の底の冥い場所に追い戻し、そして、もういっぺん、しっかり封印せんといかん。それが、おまえたちの役目なんやで」

「おまえたちの、役目？」

ずっと黙っていたＱが、ぽかんとした顔でつぶやいた。アレイとＱは、わけがわからず顔を見合わせた。

「なんだ？　それ。そんなの、俺たちに、ふられたって、なあ」と、Ｑはアレイに同意を求めた。アレイも、あやふやにうなずく。猿の言葉の意味がまったく理解できなかったのだ。

Ｑは勢いづいて、猿に言い放った。

「そういうこと頼むのは、やっぱ、警察とかＦＢＩとかだろ。なあ」

もう一度同意を求められたが、アレイはうなずけなかった。

「日本にＦＢＩはないって……」

どうでもいいと思いつつ、いちおう、Ｑの誤りを訂正する。

しかし、Ｑも猿もアレイの言葉など聞いていないようだった。

突然猿が、岩の上で体をゆすりはじめた。両手を岩のふちにつき、興奮した様子で体を上下にゆすっている。

「気ヲツケロ！　気ヲツケロ！

オマエタチハ、天ツ神ノ、カンナギ。

目覚メタル神ノ依代。

気ヲツケロ！　黄泉ツ神トノ戦イハ、
モウ、始マッテイルゾ！」

「猿が、踊ってる！　あいつ、ダンスしてるぜ」

Ｑが、アレイの腕をゆさぶった。アレイはなんと言っていいかわからず、体をゆすり続ける岩の上の猿を見つめていた。

「気ヲツケロ！

気ヲツケロ！

気ヲツケロ！」

猿の声は、いつの間にかまた、あの、くぐもった低い響きに変わっていた。その不気味な声が、頭の芯を、ジンジンと震わせる。

アレイは、自分の心臓が、猿の動きにつれて、ドキドキと騒ぎはじめていることに気づいた。

猿が口にしたカンナギという言葉が、アレイの記憶を呼び覚ました。一つ目の影が叫んでいた言葉だ。あの影は不気味な声でたしかにその名を叫んでいた。「カンナギ」と。

「気ヲツケロ！
気ヲツケロ！
気ヲツケロ！」

得体の知れない不安が押し寄せてくる。

とうとうがまんできなくなって、アレイは叫んだ。

「おまえ、誰だ！　いったい、なんなんだよ！」

ぴたりと、猿は動きを止めた。

スイッチが切れたように、猿は動きを止め、岩の上に、ゆっくりとうずくまった。

「俺も、カンナギや」

目玉をぎょろぎょろさせながら、背中を丸め、猿は言った。

6
猿

「カンナギって、なんだ？」

Qが聞き返す。

巫──とは、神子のことだ。神に仕え、神託を伝える者の呼び名だ……とアレイは思った。

猿が答える。しかし、それは、アレイの知る巫とは違っていた。

「カンナギとは、目覚めたる者。天ツ神の采配により、配されし、この世界の守り」

そう言って、猿は先を続けた。

「天ツ神は、依代の身中に鎮まり、依代に干渉することはない。……普通はな。しかし、稀に、なんの弾みか、依代の中で天ツ神が目覚めることがあるんや。目覚め、活性化した天ツ神は、依代に神通をもたらす」

「ジンズウ？」

アレイが聞き返す。

猿は、しばし話しかけることをやめ、上がり下がりする額の下の小さな目でアレイとQを見比べてから口を開いた。

「神通とは、人間の能力を超えた不可思議にして自在な力のことや。その力には、いろいろある。……たとえば……」

猿はまた、ゆっくりとしゃべりだした。

「ある者は、天ツ神によって、卓越した記憶力を授かる――」

アレイの心臓がドキンと跳ねる。猿はじっとアレイを見つめていた。

「また、ある者は数の理を読み解く力を授かる」

猿は小さな目をQに向けたが、Qはぽかんと猿を見ているだけだった。猿は構わずに続けた。

「なぜ、なんのきっかけで神が依代の内で目覚めるのか。その特別な依代は、どうやって選ばれるのか。そして、どんな力を授かるのか、それはわからへん。しかしな、目覚めし神の依代は、現在に至るまで、時代や国を超え、くり返し、あちこちに出現している。その特別な依代を呼ぶ、さまざまな名前を、おまえらも知ってるやろ?」

さまざまな名前? アレイは、心の中で猿の言葉をくり返す。猿は、岩の上からまた少し、アレイたちのほうに身を乗りだし、次の言葉を続けた。

「天才、あるいは、異才。神童、あるいは、神に愛でられし者……」

それが、カンナギなのか?

アレイは心の中で呆然とつぶやいた。

身中に宿る天ツ神が目覚めたとき、その依代である者は、特別な能力と、卓越した技量を神から授かるというのか? 時代を超え、国を超えて現れる天才たちが、その特別な依代なのだとしたら……。

アレイの心の中には古今東西のさまざまな天才たちの名前が去来していた。

ダ・ヴィンチもミケランジェロも、ガリレオもニュートンも、モーツァルトもベートーヴェンも……、聖徳太子も北斎も……。

洪水のように頭の中にあふれるデータに息をのむアレイに向かって、猿がまた体全体でうなずいた。

「そうや。それがカンナギや。そいつらは皆、目覚めたる神の依代なんや」

そのひと言でやっと、データの洪水が止まった。そして鎮まったアレイの頭の中に、猿の声が響いた。

「おまえたちもカンナギや。俺も、カンナギなんや」

Qが目を見張って、じろじろと猿を見ている。

「おまえ、天才なの？　……あっ！　だから、人間の言葉、ぺらぺら、しゃべれんだな？」

猿は小さな目で、Qを見た。

「しゃべっとんとちゃうねん」

猿は、答えて言った。

「天ツ神は俺に、あらゆるコードをキャッチする力をくれたんや。あのな、おまえたちは、

『しゃべる』っていうんは、情報を言葉に変換して、声にして、口から出すことやと思っとるやろうが、情報には言葉になる前の形があるんや。おまえが今、口に出した質問も、言葉になる前に、おまえの頭の中でまず、かすかな電気の流れとして生まれる。俺は、その流れの変化を――思考のパルスをキャッチして、おまえの言いたいことを理解するんや。それで、また、その、おまえのコードを使って、俺の言いたいことを、おまえに伝えてるんや。そういうこっちゃ」

Qは、息をのんで、うなるように言った。

「なんか……すげえな。猿のくせに」

アレイも、猿の言葉を頭の中でかみしめる。また猿が言った。

「そやから、俺は、天ツ神の言葉もキャッチする。それを、カンナギに伝える。おまえらをここに呼んだんは、この世界のあらゆる生命の中に鎮まる天ツ神たちからのメッセージを伝えるためや」

エンコーダー――という言葉がアレイの心に浮かんだ。変換装置のことだ。神のメッセージを変換し、言葉としてアレイたちに伝える猿は、エンコーダーの役割を果たしているのだろう。

猿だけに、猿コーダー……。

アレイの心をよぎった、つまらない駄洒落を猿は理解できなかったようだ。猿はわずかに首をかしげただけで、またしゃべりはじめた。

「ええか？　カンナギには使命がある。黄泉ツ神を黄泉へと送り返す使命や。あいつらは、この世に大いなる災いをもたらす。その前に、あいつらを、地の底の冥き場所へ追い返し、封じこめるんが、おまえらの……いや俺たちの仕事や。さっきも言うたように、あいつらは今はまだ、この世と黄泉との中間に広がる、わずかな隙間の内にひそんで、繭に包まれ増殖し続けとる。その数が限界に達し、カクレドが弾ける前にあいつらを地の底へ送り返すんや。それが、カンナギの使命なんやからな。天ツ神が古来、くり返し、この世にカンナギを生みだしてきたんは、そのためなんや」

「やだよ」

即座に言ったのはQだった。

「使命って言われても、俺、べつに聞いてねえし。神さまとか言ってっけど、そんなの信じられねえし。猿の肩車に乗るわけにいかねえし」

アレイはがまんできず、つい小声でQにささやいた。

「口車だろ」

今回も、Qと猿はアレイの言葉を聞いていないようだった。

猿は、小馬鹿にしたようにQを眺め下ろし、後ろ手で背中をかいた。

「俺かて、いややがな。断れるもんやったら断っとるがな。けどな、おまえら、今日、さっそく、黄泉ツ神のカクレドに迷いこんだやろ？　なんでやと思う？」

アレイとQは答えられずに、顔を見合わす。

「もう、始まっとるんや」

猿は、そう言って額をぐっと下ろし、深刻な表情をしてみせた。

「こっちの都合なんて、関係あらへん。戦いはもう始まっとる。だからこの地に集められたカンナギは、強制的に、カクレドん中に送りこまれるっちゅうことや」

「なんだよ、それ……なに、勝手なこと言ってんだよ」

心の中に、怒りが湧きあがってきて、アレイは思わずぼそっとつぶやいた。猿は、しかめていた額をちょっと開く。

「だから、おまえの都合なんて関係ないんやって。迷惑でも、いやでも、天ツ神は、神さん側の都合で、カンナギを、カクレドん中へ送りこむんや」

「なんのために？」

声に出して、アレイは猿を問いつめた。

「勝手に送りこまれたって、俺たち、何もできないんだぜ。今日だって、俺たちは、ただ、あそこの中を逃げ回るだけだったのに、なんで、あんなとこに送りこまれなきゃなんないんだよ。なんのメリットもないだろ？　俺たちにも、その……天ツ神っていうやつにとっても、無駄なことじゃないか！」

「穴をうがつため」

猿の言葉が、すぐ頭の中に返ってきた。

「え？」

アレイが聞き返す。

猿は、答える代わりに、アレイたちに問いかけてきた。

「おまえら、どうやって、カクレドから脱けだしたんや？」

「え？　……どうやってって……」

アレイは、Qの顔を見る。Qも、アレイと顔を見合わせながら首をかしげ、考え考え、言葉を口に出した。

「うーん……、どうやってって、変な教室ん中に入って、床が魔方陣で……、その教室の中の空気が、ぐにゃってなって、気がついたら、元の学校の空き教室の中に戻ってたんだよ、なぁ？」

同意を求められ、アレイはうなずいた。

猿も、小さな目でじっとアレイとQを見つめ、頭をふってうなずくそぶりを見せる。

「それが、ほころびや」

「ほころび？」

アレイとQは声を合わせていた。

猿がまたうなずく。

「そう。黄泉ツ神は、黄泉ツ繭に包まれたカクレドの中に本物そっくりの世界をつくりだす。でもな、どれほどそっくりにつくりあげても、そこには必ずほころびが生じる。どっかがズレるんや。一か所だけ、本物の世界と違ってしまうところがある。それが、ほころびや。ほころびは、カクレドを包む繭に空いた小さな穴みたいなものや。繭の内側に入りこんだカンナギが、その小さな穴を通りぬけて、こっちの世界に戻ってくることで、穴は広がる。もちろん、すぐに、黄泉ツ神たちは、その穴をふさぐやろう。……しかし……」

猿は言葉を切り、そわそわしたように、岩の上で体を前後にゆすった。

「しかし、ふさいだとしても、そこには跡が残る。カクレドの内と外を貫く痕跡が残るんや。わかるか？　カンナギが、黄泉ツ繭の内への侵入と脱出をくり返せば、カクレドを包む黄泉ツ繭に穴がうがたれ、やがて、いくつもの穴の痕跡は連なって道となる。そのために、天ツ神は、カンナギをカクレドの中へ送りこむんや。それが、やがて、黄泉ツ神を地の底の冥き場所に封じるための手順やからな」

アレイは、猿の言葉を咀嚼し吸収しようと、考え続けていた。

天ツ神と黄泉ツ神――。黄泉ツ神がつくったカクレド――。カクレドの中の本物そっくりの世界――。その世界に生じる唯一の相違点……ほころび――。

それが、そのほころびが、あの正方形の教室だったのだろうか？　本当は、あるはずのない教室。現実の栗栖の丘学園には存在しない場所。アレイとQは、そのほころびを通って、こっちの世界へ戻ってきたということなのだろうか？

ほころびを、アレイたちが――カンナギたちが通りぬけ、黄泉ツ繭に穴をうがつことが天ツ神の狙いだと、猿は言っているのだ。

「なに言ってんのか、意味わかんねーし」

Qがさじを投げるように、小さな声で吐き捨てた。

「気ぃつけろよ」

猿の声が頭の中に響いた。

「次は、もっと、見つけるのが大変やぞ。カクレドは、少しずつ広がっていく。大きくなったカクレドの中から、たったひとつのほころびを見つけださなあかんねんからな。あの中から脱出しようって思ったら、ほころびを見つけるしかないんや」

「次って、なんだよ。もう、あんなとこ、絶対、行かねえし」

Qが言い返すと、猿はおこったように、歯をむいた。

「わからんやっちゃな。おまえらが、行かんつもりでも、天ツ神が望めば、おまえらはまた、あそこへ送りこまれるんやぞ。そして、黄泉ツ神は、カクレドに入りこんでくるカンナギの息の根を止めようとするからな」

そのとき、また突然、頭の中に響く猿の声があのくぐもったトーンに変わった。

「気ヲツケロ」

これは、猿が変換し、伝えようとしている天ツ神の言葉なのだ――とアレイは思った。

「黄泉ツ神ガ、目覚メタ。

黄泉ツ神ヲ、地ノ底ノ冥キ場所へ追イ戻スタメ、天ツ神ハ、コノ地ニ、七柱ノカンナギヲ集メタ。ココニ、三柱。残ルハ四柱。

気ヲツケロ。スデニ、神ノ作戦ハ、動キダシタ。オマエタチモ、急ゲ。急ギ、カンナギヲ、見ツケヨ。七柱ノ力ヲ揃エ、黄泉ツ神ヲ地ノ底へ封ジヨ」

そう言い終えると猿は、猛烈な勢いで背中をかき、興奮した様子で体をゆすった。

そして、突然――。

ポーンと岩から飛び降り、立ちすくむアレイとQの脇を風のように走りぬけると、猿は林の奥へ駆けこんでいってしまったのである。

「ええと……」

呆然としているアレイの横でQが口を開いた。

「それで、あいつ、結局、なんて言ってたんだ？　俺、家帰ったら、お姉ちゃんに事情説明しないとなんないんだけど……」

Qを見返したアレイの頭の中に、思考のパルスがひらめいた。

こいつ、馬鹿か？　という思いと、お姉ちゃんに事情説明は無理だろう、というふたつの思いが、脳裏を駆けめぐったのである。

アレイは、言葉の代わりにため息をひとつつき、それからQに言った。

「とにかく、下りようぜ」

「うん」と素直にうなずき、ふと思いだしたように、Qは言った。

「あ……。伊波先生から電話があったって、お姉ちゃんが言ってたぜ。すっごく、おこってたって。『待ってるから、すぐ、学校に戻ってこい』って伝えてくれって言ってたらしいぜ」

アレイは一瞬固まった。そしてもうひとつ、大きなため息をつくと、ゆっくり、頂上の岩戸に背を向けた。

7 カンナギ

山の頂(いただき)から、弁当を食べた広場までの細い山道を下る間、アレイはずっと心の中で猿(さる)の言葉の意味を考え続けていた。あとに続くQ(キュー)は、急な道を下る間も、ずっとしゃべりっぱなしだった。

「猿、しゃべってたなあ」

アレイは黙(だま)っていたが、Qは気にしない。

「あいつさ、夢で見たときより、小(ち)っちゃくね？　俺(おれ)の夢ん中に出てきたときは、もっと、でかかった気がすっけど、おまえの夢、どうだった？」

そういえば、夢の中の猿はもう少しサイズが大きかったな、と思う。しかし、アレイは特になにも答えなかった。それでもQはしゃべり続ける。

「鼻血、出たっつーのは、どうかな？」

鼻血？　意味がわからず、アレイは一瞬(いっしゅん)、後ろのQをふり返りかけたが、そのまま足元に目を戻して歩き続けた。Qがまた、しゃべる。

「俺かおまえか、どっちかが鼻血出して、そんで、家、帰ったってのは、どうだ？　ほら、言いわけだよ。伊波先生の説教すっぽかした言いわけ。どっちかが鼻血出して、どっちかがつきそいで家まで送ってったことにすれば、先生も『しょうがねえか』って思うんじゃないかな？……それとも、どっちかが、ゲロ吐いたとか……」

アレイはふり返らず、前を向いたままでQに聞き返した。

「それで？　鼻血とゲロは、どうなったんだよ。俺たちは、とっとと家に帰って、鼻血とゲロは跡形もなく消滅したって言うのかよ」

しかし、Qは、その件に関してはノーコメントだった。すでに次の疑問がQの頭の中を占領してしまったらしい。

「あのさ、どうして、あの猿、関西弁だったんだろ？」

「さあ……」

アレイは肩をすくめる。猿が関西弁をしゃべる理由はアレイにもわからなかったのだ。

ヒイラギナンテンの茂みをかき分けると、さっきの広場に出た。

「なんだ……。すぐ、だな」

あとから来たQが、広場をキョロキョロ見回して、そう言った。確かに、そうだ。さっき、どこへ行くのかわからぬまま坂道をのぼったときには、かなりの距離を歩いた気がしたが、下ってみると頂上から広場までは、あっという間だった。

ベンチのところに歩み寄って、置きっぱなしだった荷物をまとめる。そしてふたりは、ふもとへと続く階段を下った。

「猿、しゃべってたな」

階段を下りるアレイの後ろで、またQが言った。

「あいつ、なんで、しゃべれるんだ？」

Qのその質問に、アレイは初めてふり返ってQを見つめた。足を止め、視線をQの顔に向け、アレイは答えの代わりに質問を発した。

「14の二乗は？」

「１９６」

Qはアレイの問いに瞬時に答えた。

「じゃ１９６の二乗は？」

「３万８４１６」

今度もQは即答した。

「じゃ、３万８４１６の二乗は？」

ほんの一瞬、目を閉じてから、すぐにQは答えた。

「14億7578万9056」

アレイは、じっとQを見つめてたずねた。

「なんで、そんなこと、できるんだ？　そんな桁の大きい計算の答えがなんで、すぐわかるんだよ？」

「え？　……なんでって……」

とまどいながらQは答える。

「……なんでって……、べつに、できるからできるだけだけど……」

アレイはうなずいた。

「そういうことだよ。同じなんだよ」

Qは、意味がわからないというように首をかしげてアレイを見る。アレイが言った。

「おまえが数学にやたらと強いのは、べつに努力したり、自分で望んだわけじゃないだろ？　俺も、そう。俺は一度見たものを絶対忘れないけど、訓練して記憶力を磨いたわけじゃない。きっと、猿も同じなんだよ。あいつは、たまたま、頭の中のパルスをキャッチする力を与えられたんだろ。おまえが、たまたま数学の能力を与えられたみたいに、俺が完全記憶力を与えられたみたいに……。猿は、その力を与えたのが、天ツ神だって言ってた。俺たちひとりひとりの体内に寄生するその天ツ神が活性化すると、神ノ依代、つまり宿主の体に変異が起きるらしい。ほかの個体と違った能力を持つようになるってことだよ」

「なんだよ、その、天ツ神って……」

Qは気味悪そうに自分の体を、じろじろと見回した。どこかにくっついた毛虫でも探すように、びくびくしている。

「そいつが、俺の体の中に寄生してるってこと？　エイリアンとかみたいに？」

アレイは、Qを見つめ、それから自分の体をちらりと見下ろして、肩をすくめた。

「べつに、そんなにびっくりしなくても、いいだろ？　誰だって体の中に、いろんなやつを寄生させてるんだから。細菌やらウィルスやら、俺たちの体ん中にすんでるやつは、百兆以上いるぜ」

「げえ」とQは顔をしかめた。

「おまえって、気味わりいこと、平気で言うのな」

アレイは、ちょっと驚いてQを見た。

「え？　そんなの、誰の体ん中にもいるもんなのに、なにが気味悪いんだよ。天ツ神も、あらゆる生物の体内に宿ってるって猿は言ってたぜ。細菌と同じようなもんだろ。ただ普通は不活性なんだよ、天ツ神は」

アレイがそう言ってもQは、まだ気味悪そうに自分の体を見下ろしていた。

「じゃ、誰にでも寄生してるやつが、どうして、俺とおまえと猿の体ん中に限って、活性化したりするわけ?」

アレイはQの言葉を訂正する。

「俺とおまえと猿だけじゃない。そういう、活性化した天ツ神の宿主をカンナギって猿は呼んでたけど、カンナギは今までにも、いろんな時代、いろんな場所にくり返し現れてるんだ。そう猿が言ってたろ? カンナギは黄泉ツ神の侵入に備えて生みだされた防衛システムなんだよ、きっと……。人間の体の中のマクロファージみたいな……で、黄泉ツ神が現れると、カンナギは、その侵入を防ぐためにその地域に集められるんだ。猿は、この地に七柱のカンナギが集められたと言ってた。俺たちと猿のほかに四柱。そのカンナギを探せって言ったんだ」

「ややこしい話だなあ……。おまえ、よく理解できたな。猿のしゃべってることなんか……」

Qは感心したようにアレイを見て、また質問した。

「だけどさ、探せって言われても、どうやって探すんだ? だいたい見つけても、ちゃんとコミュニケーションとれんのかわかんねえし。だってさ、あの猿も、その……カン……ええと、カンなんとか……」

「カンナギ」と、アレイが助け船を出す。

「そう」

Qはうなずいて言葉を続けた。

「猿もカンナギなんだろ？　じゃ、人間以外もありってことだよな？　ゴキブリのカンナギとか、カエルのカンナギとか、犬のカンナギだっているかもしんねえじゃん。そんなやつらとおまえ、コミュニケーションとれる？　俺、そんなやつらと仲間になりたくねえし……」

アレイも黙って考えこんだ。

たしかに、Qの言うとおりだ。どんなやつかもわからない仲間を、どうやって探せというのだろう？　だいたい、天ツ神が神の意志でカンナギを集めたと言うのなら、天ツ神自らが集合をかければすむことではないのだろうか？

猿を通して、わざわざアレイたちに、残りのカンナギを探せと命じる意図は、どこにあるのだろう？

わからない――。まだ、わからないことだらけだ。

「おい、聞いてる？」

思わず階段の途中に立ちどまって考えこんでいるアレイの顔を、Qがのぞきこんだ。

「犬とか、ゴキブリが仲間だったら、どうするって言ったんだよ。……て、いうかさ、なんで俺たちが、猿なんかに命令されなきゃなんないんだよ」

7
カンナギ

アレイは首を横にふった。

「知らねぇよ。俺だって、まだ、よく、わかんねぇんだから……」

そう言うとアレイは、また黙って階段を下りだした。Qも後ろからついてくる。

道路までの残りの段を下りながら、アレイは心の中で猿の言葉を反芻していた。

猿は、この地で黄泉ツ神が目覚めたと言っていた。天ツ神に対する黄泉ツ神——。生き物の体内に宿り、その生命の営みを助ける天ツ神の対極にあるもの、それがおそらく黄泉ツ神なのだ。大げさな話ではない。人間の腸内に寄生して消化を助ける善玉菌がいる一方で、体内に入りこんで人間に病気や死をもたらす悪玉菌だって存在する。ウィルスの中にも人に害のないものと、人を害するものがある。黄泉ツ神とはきっと、この世界の生き物に害をおよぼすなにかなのだ。

猿が言う「大いなる災い」というのが、どんなものなのかはわからない。しかし、とにかく、この世界の生物の脅威となるなにかが地の底から出現したということなのだろう。そいつらは今は、黄泉ツ国とこの世界の間にひそんでいて、まだ、本格的にこの世界の中に侵入してきてはいない。その侵入を防ぐためにこの地に集められたマクロファージ、それがすなわち七柱のカンナギなのだ。

黄泉ツ神は、増殖する。その増殖を阻止し、パンデミックを防ぐことが、カンナギの役目だと猿は告げたのだ、とアレイは思った。

でも、どうやって？

作戦はもう動きだしていると言われても、自分がなにをさせられようとしているのかがよくわからない。

今日、アレイとQが、あの奇妙な場所に迷いこんだのも、天ツ神の作戦の一部だと猿は言っていた。穴をうがつために、天ツ神はカンナギを、カクレドに送りこむのだと——、幾度か穴をうがち道を通すことが、黄泉ツ神を封じるための手順なのだとしたら、手順を経て、その作戦はどこへ向かうのだろう。これからもまた、アレイとQは、カクレドの中へ、有無を言わさず送りこまれるということなのだろうか？

一つ目の影の声が頭の中によみがえった。

「カァァンン……ナァ……ギィ……」

ぞくりと背中に悪寒が走る。

まとわりつく、一つ目の影の残像をふり払うように、アレイは吹きぬける風の中、頭をふった。

アレイとQはすぐに山のふもとにたどりついた。

山を下ったアレイとQは、通りの途中で別れ、そのまま、それぞれ、家に帰った。伊波先生

7
カンナギ

あまりにも支離滅裂で、あまりにもめまぐるしく、あまりにも不思議な一日に、ふたりは正直ぐったりした気分だった。うす暗いトンネルのような廊下を歩くうちに、またどこかこの世界ではない場所に引きこまれそうで、想像するだけで首筋がちりちりする。

それにアレイはなにより、人気のない放課後の学校に足を踏み入れるのがいやだった。

の呼びだしに応じて、もう一度、学校に戻る気にはなれなかった。

「伊波先生には、俺が気分悪くなって、Q……舎が、俺を家まで送ってくれたってことにしよう。俺んち今日、誰もいないし、それでおまえが心配してつきそってくれたってことにすれば、先生も文句言わないだろ」

「俺、いいやつの役だな」

Qは、アレイの筋書きの役どころが気に入ったのか、にこにこしている。やっぱり、変なやつだな、とアレイは思う。Qは家に帰って、伊波先生の電話を受けたお姉さんに、なんと言いわけをする気なのだろう？　さっき携帯で正直に、「コンビニの裏山にいる」と言ってしまっているのだから、アレイの作ったシナリオでは矛盾が生じるはずなのに、あまり気にしている様子もない。

ま、そこまで、俺が心配することもないか。

Qのために、思い悩んでいる自分に、心の中で舌打ちをしながら、アレイはQと別れた。

その日、夕飯の時間になって、やっとアレイの母は、自分の携帯に残された着信記録の見慣れない番号に気づいたようだった。

「やだ……、どっからだろ？　六回も着信、入ってるけど……」

母が読みあげたのは、栗栖の丘学園の電話の代表番号だとアレイはすぐに気づいた。おそらく怒り心頭の伊波先生は、思いつく限りの連絡先に、電話をかけまくったのだろう。

「それ、学校からだよ」

アレイは、ぼそっと言った。

「え？」

母がアレイを怪しむように見る。

「学校からって？　先生からってこと？　なんかあったの？　あんた、なんかした？」

「違うよ」

アレイは、むっとしたように答える。

「なんもしてないよ。……今日さ、放課後、八年生のクラスで、話しあいをするから残れって言われたんだけど、俺、熱っぽくて気分悪かったから、残らないで帰ったんだよ。たぶん、その電話は、家に帰ってるかの確認だと思う――。俺、帰ってきて、寝てて、家の電話、出てねえから」

我ながら、じつにスムーズで巧みなうそだとアレイは思った。伊波先生用に用意した言いわけとも矛盾しないし、不自然さもない。

「気分悪かったの？　めずらしいわね」

しかし、母はいつも鋭い。

「もう大丈夫なの？　熱は？　測ってみたの？」

「たいしたことない。もう、平気だし——」

アキナが横から、茶々を入れる。

「お兄ちゃん、ズルしたんでしょ？　話しあいとかめんどくさいから、ズルして帰ってきたんだよ、きっと」

アレイは不機嫌な目でうるさい妹をじろりとにらんだ。うるさいが、この妹も、意外に鋭い。だが、今日二時間目のオリエンテーションに、アレイとＱが遅刻して、先生から注意を受けたことは、まだアキナの耳に入っていないようだ、とアレイは思った。知っていれば、きっとアキナは、その情報を今ごろ母にリークしているだろう。

三歳年下のこの妹は、抜群のゴシップ収集力を誇っていて、同じ小学校に通っていたころは、学年を超え、アレイの行動を逐一把握しているという、ＣＩＡみたいなやつだった。しかし新しい学校では、さすがのアキナも情報収集のためのネットワークをまだ構築できずにいるのだろう。「ざまあみろだ」とアレイは心の中でうそぶき、ボソリとひと言、「うっせえ」と妹に向かってつぶやいた。

母は、携帯画面を見つめたまま考えこんでいる。

「先生に電話入れといたほうがいいかな……。アキナのレッスン中、じゃまにならないように携帯、切っちゃってたのよね。ランチのときから……」

「いいよ」

アレイは急いで言った。

「明日、先生に、俺がそう言っとくから」

「そう？」

めんどくさがりの母が、この提案に飛びつくことをアレイは知っていた。

「じゃ、ちゃんと言っといてね。先生に申し訳ありませんでした、って謝っといてよね。ピアノのレッスンのつきそいで、電話に出られなかったって、ちゃんと説明しといてよ」

「わかった」

これで第一関門は突破した。問題は明日、伊波先生をどうやって丸めこむかだ。

アレイは、その作戦をあれこれ心の中で組み立てながら、暗くなった窓の外に目をやった。

窓の外は夜の闇に塗りつぶされている。猿が言っていたひとつの言葉がふと、頭の中によみがえった。——地の底の冥き場所——黄泉ツ神たちがひそむというその世界は、こんな闇に包まれているのだろうか。闇の向こうからなにかがこっちをうかがっている気がしてアレイの腕はざわざわと粟立った。

8 栗栖の丘

翌日アレイはいつもどおり、朝のホームルームが始まる五分前に、教室に到着した。

がらんとした教室の中に、Qとヒカルの姿はあったが、伊波先生はまだ来ていなかった。教卓の前に、アレイが、三つだけ並んだ机のいちばん窓寄りの席にQ、廊下寄りの席にヒカルが座っていた。アレイが、真ん中の机にカバンを置くと、Qが読みふけっていたマンガから顔を上げ、ニッと笑って、「よ」と言った。

ヒカルは、一時間目の英語の教科書に目を落としたまま、アレイとQを完全に自分の世界からシャットアウトしている。机の位置も、ほかのふたつから微妙に離してあるのは、「これ以上近寄るな」という意思表示だろう。

席についたアレイのほうに身を乗りだし、Qがなにか言おうとしたとき、チャイムが鳴りだした。

引き戸をガラリと開けて、伊波先生が教室に入ってくる。

「起立」とも、「おはよう」とも言わず、伊波先生は教卓に歩み寄りながら、イライラしたようにアレイとQを見た。

「おい。田代、厩舎」

声が、ビブラートでもかけたように低く震えている。どうやら、まだ、先生の怒りの炎は鎮火していないようだ。

「昨日、残っとけって言ったよな？　なんで帰った？」

「すみません」

アレイは神妙に頭をぺこりと下げた。

「ちょっと、気分悪くなっちゃって……」

「それで、俺、心配なんで、アレイくんを家まで送っていきました」

張りきった……というより、はしゃいだ様子でQが自分の役どころを説明した。

アレイはもの覚えが悪いと評判のQが自分の名前を覚えていたことに少し驚き、自分を名字ではなく下の名前で呼んだことに少しむっとしていた。

「家に、帰ったのか？　……電話したけど、誰も出なかったぞ、おまえの家」

伊波先生は、皮肉めいた目をアレイに向けながら、そう言った。

アレイは、また謝る。

「すみません。俺、帰ってそのまま、自分の部屋で寝ちゃってて、気がつきませんでした。母は、昨日、妹のピアノのレッスンのつきそいで、携帯の電源、切ってたみたいです。夕飯のとき、学校からの着信に気がついて、あわててました。先生に申し訳ありませんって言っといてくれって……」

「ずいぶん長いレッスンだな」

伊波先生が腹立たしげにそう言った。きっと何回電話をかけてもつながらない携帯にぶちぎれていたのだろう。母は「レッスンのじゃまにならないように」と言いながら、じつは、楽しいランチをじゃまされないよう、携帯の電源を外出直後から切って、それっきり夕飯のときまで忘れていたのだから。

しかし、アレイは、先生の皮肉を逆手に取って、すかさず反撃に出た。

「……すみません。先生が『ずいぶん長いレッスンだな』って言ってたぞって、母に伝えます」

伊波先生の顔にギクリとした表情が浮かんだ。

「いや……。そんなこと、言わんでいい」

「だけど、母のせいで、先生に迷惑かけたわけですから……。あいつ……いえ、母は、ちょくちょく、携帯の電源入れるの忘れたり、携帯、持って出るの忘れたりするんで、ほんと腹立つんですよね。先生もおこってたぞ、って言っていいですか？　そしたら、ちょっとこたえると思うんです」

自分の問題を完全に母の問題にすり替えながらアレイは神妙な顔でそう言った。

伊波先生の怒りが急速にしぼんでいくのが目に見えるようだった。

「そんなこと、言わなくていいって言ってるだろ。お母さんも、いろいろ、忙しいんだから、そんなことで文句言うもんじゃないぞ」

伊波先生は、明らかにそわそわした様子でそう言った。

文句言ったのは、先生じゃん――アレイは心の中でつぶやきながら、黙って伊波先生を見つめていた。

伊波先生は、もっとそわそわして、ついにアレイから目をそらした。

「だ……、だいたい、おまえが、ちゃんと、放課後残ってれば、お母さんに電話かけるようなこともなかったんだ」

「すみません」

アレイは、また素直に頭を下げる。

「ほんと、気分悪くて……。でも、帰る前に先生の許可を得るべきでした。これから気をつけます」

「……わかったんなら、いい」

アレイから目をそらしたまま、そう言う伊波先生に向かって、Qがもう一度、明るく同じセリフをくり返した。

「俺、心配なんで、アレイくんを家まで送っていきました！」

くり返すなよ、Q。

アレイは、心の中で舌打ちをした。伊波先生は、吊りあがった目の端で、じろりとQをにらんだが、それ以上なにも言わなかった。昨日の二時間目のオリエンテーションに遅れたことについても、つっこんだ話はなかった。

ただ「とにかく、ふたりとも、もっと八年生の自覚を持って、時間やルールをきちんと守ること」という総括のようなひと言があっただけだ。

もう、時間切れだったのだろう。朝のホームルームで、伊波先生には伝えなければいけない連絡事項があれこれあったのだ。

伊波先生は、おそらくまだむしゃくしゃしている胸の内を吐きだすように、大きな深呼吸をひとつした。そして、気を取り直したように教卓の前に立って、「起立！」と号令をかけた。

アレイとQとヒカルは、バラバラに席から立った。「礼！」の号令で、また、バラバラに頭を下げる。

8
栗栖の丘

「みんな、おはようございます」

妙に明るい声で挨拶をする伊波先生に向かって、アレイは「おはようございます」と挨拶を返した。とにかく、ほとぼりがさめるまでは先生をおこらせるな、とアレイは自分に言い聞かせていた。ヒカルは、口の中で「おはようございます」ともぞもぞ、つぶやいている。さっきまで張りきっていたQは、すでになにか考えごとでも始めたのか、上の空といった様子で窓の外を眺めていた。

「厩舎。家庭調査票、まだ出してないだろ。おまえだけだぞ」と、伊波先生に言われても、ぽかんとしている。

「今日も、忘れたのか?」と聞かれ、やっと夢から覚めたようにQは、先生のほうを向いてうなずいた。

「はい……。たぶん……」

「しっかりしろよ。明日は持ってこいよ。大丈夫だな?」

「……はい……たぶん……」

アレイは心の中でまた舌打ちをした。

Q、けんか売ってるのか? せっかく、丸く収まりかけてんのに……。

伊波先生のこめかみの血管がピクリと動く気がした。

「たぶんじゃない。必ず、明日、持ってこいよ。いいな？」

Qが、ぼんやりした様子でうなずく。伊波先生は、きつい目でQを見つめていたが、その目をふいとアレイに向けた。

「田代。おまえは、昨日のオリエンで配った部活希望調査の紙、白紙で提出してたけど、なんでだ？　ちゃんと磯谷先生の説明、聞いてなかったのか？　第一希望と第二希望の部を書くように言われたよな？」

アレイは虚をつかれて、ちょっととまどった。

「え？　でも、俺、部活は、やる気ないんで……。だから、書きませんでした」

伊波先生がかすかに口の端を持ちあげて、笑った。

「おい、おい。やっぱり、聞いてなかったんじゃないか。……あ、そうか、おまえが遅れてきた二時間目の最初に、磯谷先生が説明したから、聞けなかったんだな。五年生から九年生まで、全員、どっかの部に入ることになってるんだよ。この栗栖の丘学園はな。だから、帰宅部は認めない。ほら、もう一度提出しなさい。第一希望と第二希望を記入してな」

昨日、アレイが白紙で出した希望調査の紙を伊波先生は、つき返すようにアレイの机の上に置いた。

最悪だ……。

アレイは、ニヤニヤしている伊波先生にガンを飛ばしたくなる自分を抑え、しかたないので、机の上の紙を剣悪な目つきでにらみつけた。

「えー、それから、今日、四時間目の体育は七、八、九年生合同の授業だ。……て、いうか、体育の授業はこれからも、基本、三学年の合同授業だからな。今日の四時間目は、男子は運動場、女子は体育館に集合するように。ちゃんと体操服に着替えて、女子は……ええと、岡倉は体育館シューズも忘れずにな。更衣室は男子が九年生の教室、女子は七年生の教室だぞ。いいな？」

　人数が少ないからだ――。

　アレイは考えていた。人数が少ないから、体育は合同授業になる。部活動も、五年から九年まで、全員が参加しなければ成立しないのだろう。だから帰宅部禁止令が発令されたのだ。なにせ、五年から九年まで合わせても二十六人しかいないのだから無理もない。

「最悪だ……」

　アレイは今度はささやくような声で、その言葉を口に出して吐き捨てた。

　一時間目の英語と、二時間目の数学が終わり、休憩時間になると、ヒカルは教室を出ていってしまった。がらんとした教室にふたりっきりになったとたん、Qが話しかけてきた。

「おい、アレイ」

アレイは、そう呼ばれることにいちおう抵抗を試みた。

「名字で呼べよ」

しかめっ面でぼそっと言い返すアレイを見て、Qが首をかしげた。

「え？　おまえ、名字、なんだっけ？」

アレイが名字を名乗るより早く、Qはしゃべりだしていた。

「昨日の言いわけ、うまくいったな」

「ああ」

アレイはあきらめてうなずく。

「あのさ、俺、昨日、お姉ちゃんに、あのパルス猿のこと話したんだけどさ――」

「え？」

アレイは驚いて、Qを見た。

「話したのか？　おまえ、昨日のこと……」

「話した」

Qは、あっけらかんとうなずく。アレイは信じられない思いで質問した。

「全部、話したのか？　猿がしゃべったことも？　……ひょっとして、あの一つ目の影のことも？」

8
栗栖の丘

Qは、アレイのしつこい質問に、むしろイライラした様子で、またうなずいた。

「ああ、そうだって。猿のことも、一つ目の影のことも、全部だよ。それでさ、お姉ちゃんが言ってたんだけどさ。おまえも、猿の夢、見たって言ってただろ？　そんとき、猿、なんて言ってた？」

「……。栗栖の丘に、来い」

アレイは、ぽつんと猿の言葉をくり返す。Qは、興奮した様子で「ウン！　ウン！」とうなずいた。授業中は、ぼんやりとよどんでいた目が今は輝いている。

「俺もなんだ。俺の夢でも、あいつ、同じこと言ってた。栗栖の丘に、来いって——。でさ、お姉ちゃんの話に戻るけど、あの猿は、たぶん、全員に同じメッセージを発信したんじゃねえかって、言うんだよ」

「全員って？」

アレイが眉をひそめると、Qはもどかしそうに言った。

「だから、ほら、おまえが、昨日解説してくれたじゃん。ええと、カンナ……、カンナ……」

「カンナギ」と、アレイが助け船を出すと、Qは、うなずいて続けた。

「それ、それ。あの猿が、探せって言ってたカンナギ。俺と、おまえと、あの猿と、ほかに四人いるんだろ？　そいつらを探せって、猿が言ってたって、おまえ説明してくれたじゃん。そのカンナギ全員に、猿は……ていうか、猿を通して天ツ神は同じメッセージを送ったんじゃねえかってお姉ちゃんは言うんだ。『栗栖の丘に、来い』っていうメッセージを――」

「それで?」

アレイが、先を促す。

「それで――」とQは続けた。

「栗栖の丘っていう地名がつく場所ってさ、じつは、この栗栖台の中に一か所しかないんだよ。町名とか、バス停の名前とか、施設名で検索しても、たったひとつしか出てこないんだ」

アレイは、やっとQの言おうとしていることに気づいて、目を見張った。

「栗栖の丘学園か?」

「そう」

Qはニヤリと笑ってうなずく。

「じゃあ……」

そのことの意味に気づいて、アレイは息をのんでいた。

「カンナギは、全員、この学校に集められたってことか? この栗栖の丘学園に、残り四柱のカンナギもいるってことだな?」

「たぶん」と、Qは言って、またしゃべりだした。

「それと、もうひとつ。これも、お姉ちゃん曰く、なんだけどさ。その、カンナ……ギってさ、本来は神さまに仕えるやつのことを言うらしいんだけど、昔、巫には童子……つまり子どもが選ばれたんだってよ。ほら、今でも神社のお祭りに稚子が出てくんのは、その名残らしい。神に仕えるのは六、七歳から、十四、五歳ぐらいまでの子どもの役目だったんだってよ」

六、七歳から、十四、五歳……。アレイはつながっていく情報に、目を見張った。

「だから、ここに集めたのか……。カンナギは、ちょうど、この学校の一年生から九年生までの年齢の子どもだから……。だから、天ツ神は俺たちを、この学園に呼び集めたってことか……」

Qはなにやら思いをめぐらすように、床の上を見つめながら言った。

「……もし、そうだったら、ずいぶん、やりやすいよな。ゴキブリも、ナメクジも、アリもカンナギから除外できる。六、七年も生きてるゴキブリとかナメクジなんていないもんな。まあ……セミはありかな……。いや無理かな。……どうだろ？　でも、とにかく、ゴキブリが仲間じゃないっていうだけでも、ラッキーだよな、俺たち」

アレイはQの言葉に続けて言った。

「それから、もし、おまえのお姉さんの言ったとおりカンナギが童子だとしたら、先生たちも除外できる」

「なんだ、じゃ、七十一人から俺たちふたりを引いた六十九人の中に残りの四人のカンナギがいるってことか？　一七・二五分の一の確率か」

と、Qが言った。そして、なにか思いついたように顔を輝かせた。

「いっそ、ひとりずつ聞いて回る？」

「なんて？」

アレイが聞き返すと、Qは大まじめに答えた。

「おまえ、猿の夢、見たかって――」

アレイが黙りこんだちょうどそのとき、ヒカルが教室に戻ってきた。話しこんでいるアレイとQには目もくれず、自分の席につこうとするヒカルに、Qが声をかけた。

「おい、ヒカル」

氷のような視線が返ってきた。

「ヒカルって呼ぶな」

とんがった声でヒカルは言った。

「じゃ、なんて呼べばいいんだよ？」

Qはむっとしたように聞き返したが、ヒカルは答えない。無言のまま椅子を引いて、自分の席に座った。

「ま、いいや」

Qはつぶやいて、めげずにヒカルに問いかけた。

「おまえさ、最近、猿の夢、見た？」

ヒカルは、またまた氷の視線を、ちらりとQに投げかけただけで、質問には答えなかった。

「あのさ、しゃべる猿の夢、見なかったかって聞いてんだけど」

「なに、それ？」

ヒカルは不機嫌にそう言うと、三時間目の授業の準備を始めた。Qが肩をすくめ、アレイを見る。

「こいつ、違うみてえ」

アレイは心の底で、チェッ、チェッ、チェッと舌打ちを三連発して、ため息をついた。

ストレートすぎるだろ。せめて、「最近、俺、しゃべる猿の夢、見るんだよな」とか言って相手の反応をうかがうぐらいの知恵はないのか、ホモ・サピエンス。

思わず、パルス猿の言葉をなぞっている自分に、もう一度、ため息が出る。

ガラリと教室の引き戸を開けて、伊波先生が入ってきた。三時間目は国語なのだ。

Qは、つい今さっきまでの、イキイキとした活気を失い、深く自分の椅子に体を沈めてしまった。

ヒカルは、新しい教科書から目を上げない。

アレイは、Qから聞いた言葉を頭の中で再生し、その意味を考え続けていた。

Qの姉が指摘するとおり、猿が言った「栗栖の丘」とは、この学園のことなのだろうか？

アレイとQ以外のカンナギにも、同じメッセージが送られたのだろうか？　そして、その呼びかけに応じて、カンナギたちは今、この学園に集っているのだろうか……。でも、どうしたら、そんなことができる？　確かにアレイは、パルス猿のメッセージを受け取ったが、栗栖台に引っ越すことになったのも、栗栖の丘学園に通うことになったのも、すべて、アレイの意思ではない。両親が勝手にマイホームを買うことを決めたから、こうなっただけだ。

そのとき、パルス猿のひとつの言葉がよみがえった。

――天ツ神ハ、スベテノ生物ニ宿ル――すべての生物……つまり、アレイの父や母やその他の人々にも、天ツ神が宿っているのだとしたら、その神々が今連携して、ピンチに対処しようとしているのだとしたらどうだろう？　よみがえった黄泉ツ神を封じるため……その増殖を阻止すべく、カンナギを結集させようとして、天ツ神たちは内側から宿主を操り、緊急時のシナリオに従って動かそうとするのではないだろうか？

アレイの父と母は、内なる天ツ神に操られ、マイホーム購入を決定したのではなかったのだろうか？

8
栗栖の丘

アレイは、窓の外をぼんやり眺(なが)めている隣(となり)のQをちらりと見やった。

新たな疑問がアレイの胸の中に、ゆっくり頭をもたげていた。

こいつの姉貴って、いったい、なんなんだ？　姉貴に、なんでもしゃべるQって、いったい、どうなんだ？　こいつの家って、どうなってんだ？

9 手紙

アレイは結局、陸上部を第一希望にし、その陸上部に入部した。第一希望といっても、べつに全然、まったく、ちっとも、陸上部に入りたかったわけではない。消去法の結果、残ったのが陸上部だったというだけだ。

妹のアキナが入部を希望している音楽部はありえなかったし、創作部というのはアレイにとってもっとも縁のないジャンルだった。なにかを自由に創造したり、創作することは、苦手中の苦手だったからだ。ふたつの運動部のうち陸上部を選んだのは、ややこしいメンバーが卓球部に集中しそうな予感があったからだ。

案の定、男子卓球部のメンバーはにぎやかだった。九年生の江本匡史と筒井健の茶髪ペア。二日目のオリエンテーションをかきまわしていた七年生の安川徹。八年生のQ。あとは、六年生と五年生の男子がひとりずつ加わって、総勢六人となった。

それに引きかえ、男子陸上部はメンツも人数もぐっと地味だ。最年長は八年生のアレイで、

9
手紙

七年生男子がふたり。萩本将というやせたちびと、大森勇人というやせたのっぽだ。五、六年生の入部者はいなかったので、部員は三人だけということになる。

アレイの読みはみごと的中したわけだが、思いもかけない災難がふりかかってきた。まず、部員が七年生の女子ふたりだけの女子陸上部と男子陸上部が合併することになったこと。そして、その五人の部員中、唯一の八年生であるアレイが、陸上部の部長を仰せつかったことだ。

「え？　おまえも、部長？　がんばろうぜ」

卓球部の部長に就任して張りきるQからにこやかに握手を求められたとき、アレイは頑なにその手を握り返さなかった。

さらに、陸上部の顧問が伊波先生だと聞いて、心が沈んだ。

最悪だ……。最悪中の最悪だ……。

ヒカルが、妹のアキナと同じ音楽部の部長というのも不安材料ではあった。アキナはまた、アレイに関するさまざまな情報をヒカルから引きだそうとするに決まっている。

「岡倉先輩ってさ、すっごくピアノうまいんだよ。超むずい曲でもいっぺん楽譜見たら、次にはもう暗譜で弾けちゃうの。でも、部活ではフルートやるんだって」

食卓で興奮ぎみに語る妹の話を、アレイは苦々しい思いで聞いていた。すでにアキナはヒカルに急接近中らしい。

あれっきり、パルス猿からのコンタクトはない。黄泉ツ神も鳴りをひそめている。

アレイは、東側校舎と北側校舎には足を踏み入れないようにしていたし、なんとなく学校でひとりっきりになることも避けるようになっていた。

短縮授業が終わり、部活が始まると、ずっと張り詰めていた緊張の糸が、少しずつゆるんでいくのがわかった。

伊波先生は、やる気のない顧問だった。部活指導に現れることはめったになく、練習のメニューも自分たちで決めていい、という放任主義に徹していた。ただ一度だけ、部活開始の初日に運動場にふらりとやってきた先生は、陸上部の部員全員に、五十メートル走のタイムを計らせた。

断トツで速かったのは、のっぽの七年、大森勇人だったが、あとは、どいつもこいつも大差なくゴールに駆けこんだ。アレイは、ぎりぎり判定二位といったところだった。

「ようし、もういっぺん。今度は、ぼくも走るぞ」

伊波先生は思い立ったようにそう言って、もう一度、全員をスタートラインに並ばせ、その端に自分も立った。革靴にワイシャツ姿のままである。

スタートと同時に、伊波先生は、あっという間にみんなを引き離した。大森勇人でさえ遠く及ばない。おそらく、みんなが、二十五メートル付近に達するころには、先生はもう、五十メートルのゴールを切っていた。

「じゃあ、がんばれよお！」

圧倒的な実力を見せつけた伊波先生は、上機嫌でみんなに手をふると、職員室のほうへ歩みさっていった。

「なんだ？　あいつ……」

ハァハァと肩で息をしながらアレイがつぶやくと、あぜんとした顔で先生の後ろ姿を見送っていたのっぽの大森が、目をパチパチさせて言った。

「速えなあ。あれ、六秒、切ってたんじゃねえかな……？　革靴で、よく走れるよなあ……」

しかし、伊波先生がやる気を見せたのは、その一回きりだった。顧問がぱったり現れなくなったのをいいことに、これまたやる気のない部長のアレイは、自分の仕事をさっさと部員一同に割りふることにした。

「一週間交替で当番制にするから、当番に当たったやつは、その週の練習メニューを考えてきてくれ。じゃ、トップは、大森から。頼むな」

のっぽの大森は、やる気のあるやつだったので、学校の外周ランニングと、ストレッチと、団体練習を組みあわせたメニューを考案してきた。アレイとその他の部員一同は、大森メニューに従って、練習をこなせばよかった。

外周を走っていると、時折、同じくランニング中の卓球部とすれちがうことがあった。意外にも、軟弱に見えた茶髪の九年生ペアは、この上なく真剣に汗をかきかき外周を走っている。調子乗りの七年生の安川も、けっこうまじめに練習をこなしているようだ。問題は部長のQだった。Qの姿はいつも、ランニングの列の最後尾にあった。それも、みんなからかなり遅れて、のんびりと、ほとんど歩くようなスピードで外周を回っている。いや、ときどき、外周をはずれ、ぼんやり空を眺めていることさえあった。

あいつ、なにが「がんばろうぜ」だ。全然、がんばってねえじゃん。とことん、マイペースなやつだな……。

やる気のかけらも見えない卓球部の部長のQに、アレイはあきれていた。

すでに部活から脱落しているQに比べ、アレイはいやいや入ったとはいえ、陸上部の練習をけっこう楽しんでいた。

顧問が不在だからなのか、部長の志気が低いせいなのか、栗栖の丘学園の陸上部には、のんきで自由な空気が流れていた。ランニングとストレッチと団体練習のメニューを終え、自主練に移ると、アレイはまた外周をひとり、黙々と走った。

アスファルトに響くシューズの音と、口からもれるリズミカルな呼吸と、鼓動が重なりあい、響きあい、自分の体をつき動かしていく感覚がおもしろかった。自分を捉えようとする重力をふりきり、終わりのない軌道の上を、ただ前へ前へ足を繰りだし進んでいく単純さが明快で爽快だった。

したたる汗を春の風がなぜていく。フェンス越しの運動場から聞こえるざわめきも、駆けぬけていく通りにあふれる町の騒音も、体の内側から湧きあがる脈動にかき消され、いつの間にか遠のいていく。

アレイは走ることに、はまった。心臓は破裂しそうにバクバクするし、肺は悲鳴をあげるし、足は痛いし、苦しいし、なにが楽しいのかわからないが、走り終えるとまた走りたくなった。そして、ハッとアレイは気がついた。

走っている間は頭の中が空っぽになっているのだ——。今までずっと、保有され、蓄積され、消去することをけっして許されなかった数々の記憶が、走っている間は、まったく再生されない。まるで、頭の中に、そんなものなど入っていないように——。

走っているとき、アレイの頭の中にあるのは、ただ走ることだけだった。だから、走っているとき、アレイは幸福だった。そのことにアレイは、やっと気づいたのである。

部活スタートから二週間後の昼休み、教室でふたりきりになるタイミングを狙って、Qがアレイに近づいてきた。

「あのさ、とりあえず、卓球部のメンバーには全員当たってみたけど、だめだったぜ」

「なにが?」

そう聞き返してからアレイは、その答えにすぐ思い当たった。

「ほら、猿の夢」

思ったとおりの答えがQから返ってくる。

「聞いてみたけど、みんな、そんな夢、知んないみたいだった」

アレイは、机の横に立つQを見つめ、慎重に質問した。

「なんて、聞いたんだ?」

Qは、きゅっと眉間にしわを寄せ、めんどくさそうにアレイを見る。

「だから――最近、しゃべる猿の夢、見たか? って、聞いたんだよ」

「ひとりひとりにか?」

「そう」とQはうなずいた。

「部活中にか?」

「ああ」と、またQがうなずく。

「みんな、なんて言った?」

今度の質問に、Qは一瞬、考えこんだ。

「『知らない』とか『なに、それ？』とか、九年生の茶髪はふたりとも『うるせえ』って言ってた。……ラリー中に聞いたからかな？」

そりゃ、そうだろう。卓球のラリー中、横から「最近、しゃべる猿の夢、見たことあるか？」なんて聞かれれば、誰だって、おこるだろう――。アレイは、ため息をかみ殺し、静かに首を横にふった。

「だめだろ、そんな聞き方じゃ。きっとみんな、まともに答えねえよ」

Qが口をとがらす。

「じゃ、おまえ、聞いたのかよ？　おまえ、陸上部のメンバーに、質問したんだろうな」

アレイは、もう一度首を横にふる。

「いや、まだ」

Qは非難するような目でアレイを見た。

「おい、アレイ。しっかりしろよ。おまえ、やる気あんの？」

おまえにだけは、言われたくない、と思ったが、アレイは黙っていた。黙りこむアレイにQは言った。

「おまえも、ちゃんと質問しろよ。男子卓球部と陸上部全員に質問すれば、六十九人中九人のチェックが終了するんだぜ。それって、つまり、全体の約一三・〇四パーセントってことで……。あ、ヒカルも数えれば十人だから約一四・四九パーセントだ……て、ことは、だいたい全体の一割五分だな。とにかく、がんばれよ」

そう言うとQは、のしのし歩いて、教室から出ていってしまった。

部活のときと、うって変わってやる気満々のQの後ろ姿をアレイは無言で見送った。

「がんばれ」と言われてもアレイは、すんなり、このミッションをクリアできる気がしなかった。ほとんど口をきいたこともない陸上部のメンバーに、Qのようにストレートに質問をぶつけることなんて、アレイにはできない。まして、「君は猿の夢を見たか?」なんていう質問は、なおさらだ。

机に肘をつき、アレイは、あれこれ考えていた。考えに没頭するあまり、教室の後ろの引き戸がそっと開けられたことに気づかなかった。自分の背後に、足音もなく忍び寄る人影にも気づいていなかった。

「ちょっと」と、声をかけられ、アレイはびくりと肩を上げた。ふり返った視線の先に、ヒカルが立っていた。

「なんだよ」

アレイは身構える。ヒカルがアレイとQに声をかけるときは、必ずなにか文句があるときに限られていたからだ。

9
手紙

「……これ」

ヒカルは低い声でぼそっとつぶやいて、アレイの机の上になにかをスッと差しだした。

浅黄色のきれいな封筒だった。

「なんだよ、これ?」

封筒とヒカルの顔を見比べながら、そうたずねたアレイは、封筒の表書きに自分の名前が書かれていることに気づいた。

まるまっちい字で『田代有礼さま』と書いてある。

「渡してくれって、頼まれたから」

ヒカルは、ちらりとだけ、アレイと視線を合わせ、そう言った。

「……? 誰に?」

「音楽部の大石ハルコって子。春が来るって書いて春来。七年生の……」

ぼそぼそと機嫌の悪い顔で答えると、ヒカルはアレイの机のそばから一歩後ずさった。

「じゃ、渡したからね。ちゃんと読んでよ」

「知らねえよ、俺。そんなやつ」

アレイはあわてて、ヒカルに言う。もちろん大石春来の名前は知っている。アレイは、全校生七十一人の名前をすべて知っているのだから。だが、そんなやつとは話したことがない。手紙をもらう理由も思い当たらなかった。

「あんたが知らなくても、あっちは知ってるの」

ヒカルは、つっけんどんに言った。

「不良なのに、頭いいとこがカッコイイんだって。あんたって、公開模試の順位表によく名前出てるんだってね」

「俺、不良じゃねえし」

そう口に出してしまってから、アレイは、そのセリフの陳腐さに身がすくんだ。言う必要もない言いわけだ。言ってしまった自分に腹が立ち、口の中がザラザラする。

「そう?」

ヒカルは、アレイがたじろいでいることを察知したのか、ちょっと意地悪にたずね返してきた。

「オリエン遅刻して、先生の居残り命令まですっぽかしたくせに?」

言い返す言葉が見つからない。アレイは黙りこむしかなかった。

優位に立ったヒカルは、浅黄色の封筒を指さし、畳みかけるようにアレイに言った。

「ちゃんと、読んでよ」

アレイも必死に反撃に出る。

9
手紙

「だから、なんで、知らないやつからの手紙なんて読まなきゃなんないんだよ。いらないから、返しといてくれ」

ヒカルは口の端(はし)を持ちあげ、ニヤリと笑った。

「べつにいいけど、そしたら、今度はきっと、アキナちゃん経由でもういっぺん、届くと思うよ」

「え？」

グサリと心臓をつきさされた気がする。

アキナ経由？　それは、まずい。アキナが、こんなことを知ったら大喜びして家族や友だちにしゃべりまくるに決まっている。アキナには、前歴があった。前の小学校で新聞係になったアキナは、家庭内の身内のネタを、壁新聞(かべしんぶん)のトピックスに書きたてていたのだ。父と母のささいなけんかや、アレイがバレンタインデーにもらったチョコレートの数の推移、母の料理のレシピなど、どうでもいいことを記事にしては壁新聞にのっけていたのである。アレイは、アキナが台所のテーブルの上に置きっぱなしにしていた記事の下書きの文章の一字一句までを思いだすことができた。

まずい。絶対に、まずい。

沈黙(ちんもく)するアレイに業(ごう)を煮(に)やしたらしいヒカルは、ついとアレイの机に歩み寄り、浅黄色の封(ふう)

筒に手を伸ばすそぶりをみせた。

「わかった。じゃ、返しとくから」

ヒカルが取りあげようとする封筒を、アレイは思わず両手で押さえつけた。

「やめろ……」

アレイは、しぼりだすようにつぶやいた。

「いい。返さなくていいから」

「そ」

ヒカルはまた、スッとアレイの机から身を引いた。そして、アレイに釘を刺した。

「受け取るだけじゃなくて、ちゃんと読んでよ」

アレイは読む気などなかったが、適当にうなずいた。ヒカルには、そんなアレイの胸の内がわかったらしい。まるでパルス猿みたいなやつだ。

「読まないで捨てたりしたら、だめだからね。ハルちゃん、返事がほしいって言ってたから」

「なんの返事だよ」

アレイは力なく封筒を見つめてたずねる。

「読めばわかるわよ」

ヒカルは、そう言ってから、さらに念を押すように続けた。

「とにかく、ちゃんと読んで、返事してあげてよね。ハルちゃんて、かわいいけど、けっこうしつこい性格だと思う。ちゃんと返事しないと第二弾、第三弾の手紙が届くかもしんないから」

教室の前の引き戸が勢いよく開いた。さっき出ていったQが戻ってきたのだ。アレイは、とっさに机の上の封筒をわしづかみにして、制服の上着のポケットにねじこんだ。

「おーい。アレイくーん。俺、五時間目の社会の教科書忘れたから、見せてくれよ」

にこやかに言いながらQがこっちにやってくる。気がつくとヒカルは、もう何事もなかったように、自分の席につこうとしていた。すばやいやつだ。

Qが自分の机を、ガタガタと引っぱって、アレイの机に近づけた。アレイはQに気づかれないように微妙にふくらんだポケットを上から力いっぱい押さえつけ、さりげなくQから体を遠ざける。悪いことをしているわけでもないのにドギマギする。冷や汗が出そうだ。

最悪だ。ほんと、最悪の中でも、超弩級の最悪だ――。

アレイは廊下寄りの席で、つんと澄まし返っているヒカルの横顔を一瞬にらんで、またひとつため息をのみこんだ。

その日アレイは部活を終え、家に帰ると、自分の部屋に直行した。今日ほど、妹のアキナと同室でなくてよかった、と思ったことはない。制服を脱ぐ間ももどかしく、アレイは、とりあえず、ポケットの中から問題の手紙を引っぱりだした。ゴキブリの死骸でもつまみだすような手つきで引っぱりだした手紙を、勉強机の横のゴミ箱に投げ入れ、それからまたすぐ、それを拾いあげる。

こんなところに捨てるわけにはいかない。母やアキナに発見されるかもしれないからだ。そんなことにおびえ、こそこそしている自分につくづく腹が立つ。なんで、赤の他人が勝手に送りつけてきた手紙のせいで、自分がこそこそしなければならないのかと思うと、さらに怒りが募る。

勝手口の裏の生ゴミ用のバケツだ。あのバケツの奥底深く葬ってやる！

憎しみをこめて、浅黄色の封筒をにらみながらアレイは心の中でそう思った。しかし、そう思った刹那、またすぐ不安になった。

大石ハルコとかいう、しつこい性格の七年女子が、ヒカルの言っていたように、もし第二弾、第三弾の手紙を送りつけてきたら？　万が一、その手紙を、音楽部の後輩であるアキナ経由でアレイに届けようとしたら、どうなるだろう？　事態はさらに、悪化するに違いない。アキナが一枚かむだけで、問題はつねに混迷を極めるのだ。

逃げてちゃ、だめだ。きっちり終止符を打たないと。

9
手紙

アレイは、自分にそう言い聞かせた。そうだ。あわてず、取り乱さず、きっちり対応すればいい。それだけのことだ。手紙を読み、まずは相手の用件を把握し、それに対処する。口をきいたこともない相手だし、なんの用だかわからないが、案外たわいのない内容かもしれない。

そう自分を励ますとアレイは、とにかく封筒を開くことにした。ペン立ての中に入っているハサミで、きっちり封筒の端を切る。中には、封筒より淡いブルーの便箋が二枚、ふたつに折り畳まれて入っていた。

便箋を取りだして広げ、文面を目にした瞬間、アレイは頭をなぐられたような衝撃で息ができなくなった。

田代先輩

七年生の大石春来です。春が来るって書いて、ハルコって読みます。友だちはみんな、ハルちゃんて呼ぶので、よかったら先輩も、そう呼んでください。今日、お手紙を書いたのは、じつは、先輩に伝えたいことがあったからです。じつは、私は田代先輩の大ファンで、先輩のことが大、大、大、大スキです。もし、よかったら、私を先輩の彼女にしてもらえませんか？　まず、お友だちからでもＯＫです。とにかく、先輩と、お話ししたり、いっしょにどっかに遊びに行ったりしたいです。

ちゃんとお返事もらえたらうれしいです。

あさっての木曜日、先生たちの会議で部活ないので、放課後、体育館裏のゴミ集積所前で待ってます。お返事くださーい！

田代先輩の大ファン♡大石春来より

「大ファン」「大、大、大、大スキ」「先輩の彼女」……。いくつかの単語が鋭いナイフのようにアレイの心に切りこんできて、頭がクラクラした。

なんだ？　なんだ？　なんだ？

どうしてだ？　どうしてだ？　どうして、こんなことになる？

一度も会ったことがないのに――。いや、会ったことは、ある。オリエンテーションで、七、八、九年生が多目的室に集められたときだ。あのとき、十分休憩になったとたん、ヒカルのところに近寄ってきて、甘ったれた声を出していた七年の女子。あれが、大石ハルコだった。しかし、口をきいたことは、ない。話したこともない相手の、大ファンになったり、そんな相手を大、大、大、大スキになったりできる人間がいるとは信じられなかった。

大石春来――春が来ると書いて、ハルコ。どこまでめでたい名前だ。

なんで、こんな短い手紙の中で、「じつは」を二回もくり返す？　「よかったら」を二回も使う？　よかったらって、いいわけないだろ？
呆然と手紙を見つめ、考えるうちに、恥ずかしさと、情けなさで涙が出そうになった。なんで、こんな目にあわなければいけないのだろう？　どうしてこんなことが起きるのだろう？　まさか、これも黄泉ツ神のもたらした災いなのだろうか？

「ふざけんな」

アレイは、その怒りのつぶやきを自分が誰に向かってぶつけようとしているのかよくわからなかった。おめでたい大石ハルコ？　災いをもたらした黄泉ツ神？　いや、手紙をもたらした岡倉ひかる？　それとも、こんなことに、まんまと巻きこまれてしまった自分自身？　ただ、鎮めようとしても心の底からは、フツフツと絶え間ない怒りが湧きあがってくる。

今なら、なんでもできる気がした。

「つき返してやる。こんなもの」

便箋を、ビリビリに引き裂きたい衝動をぐっと抑えこみ、アレイは、かすれた声でつぶやいた。

そうだ。生ゴミ用バケツの底だって、安全とは言いきれない。こんな災難が起こるのだから、なにかの弾みで、バケツの底の手紙が母やアキナの目に留まらないとも限らないではないか。

いちばんいいのは、こんな手紙、差出人につき返してやることだ。

望みどおり、木曜日の放課後、指定された場所に行って、とっとと手紙をつき返し、二度とこんなことをするなと言おう。本気で、迷惑だと……。

それにしても、体育館裏という独創性のかけらもない場所指定は、なんだろう？　そのうえ、わざわざゴミ集積所前を選ぶセンスって、どうなんだ？

アレイの脳裏に、ヘラヘラと笑う、大石ハルコの笑顔が浮かんだ。

デリート機能のない、自分の記憶システムを呪ってアレイはため息をついた。

そして、もう一度、決意の言葉をつぶやいた。

「絶対、つき返してやる」

10 放課後

木曜日の放課後、アレイはQ(キュー)とヒカルが教室を出ていくのを確認(かくにん)してから、ひとり体育館裏に向かった。

体育館は、学校の敷地(しきち)の北東の隅(すみ)にあって、校舎とは、東側校舎の北の端(はし)から伸(の)びる渡(わた)り廊(ろう)下(か)でつながっている。しかしアレイは、昇降口(しょうこうぐち)で靴を履(は)きかえてから、外を回って体育館裏まで歩いていかなければならなかった。

西側校舎の昇降口を出て、北側校舎の外を通って、体育館へ向かう。それが最短コースなのだ。西側校舎の角っこでアレイは、曲がり角の向こうを、こっそりうかがわずにはいられなかった。北西の角からのぞいてみると、校舎の北側にあるテニスコートとその周辺に人影(ひとかげ)はなかった。誰(だれ)かに見とがめられないかとびくびくしている自分に腹が立つが、仕方がない。校舎の北側をまっすぐ東へ進み、その角でまた、曲がる先をうかがった。

東側校舎の通用口も、そこと体育館をつなぐ渡り廊下にも人影はない。先生たちは職員会議中のはずだし、きっともう大半の生徒は帰宅してしまったのだろう。

校舎の裏には、東に向かって左手に体育館、右手にプールがある。

アレイは、地面の上に伸びるコンクリートの渡り廊下を横切り、体育館の南側の壁とプールの間をさらに東に向かって進んでいった。人影もないのに、今にも誰かとばったり出くわすのではないかとひやひやする。ひやひやする理由なんかないのだと自分に言い聞かせるのだが、忍び足になってしまうのを、どうしてもとめられなかった。

体育館の角にたどりつき、そこからゴミ集積所のほうをのぞいたアレイは、「うっ」と息をのんだ。

Qがいた。

体育館の裏には、学校の敷地と町を隔てるフェンスが張りめぐらされている。フェンスと体育館の壁の間には、駐車スペースが設けられ、その向こうには、車が出入りするための通用門があった。

Qは、駐車スペースと向きあう、体育館の壁際のゴミ集積所の前にいた。ゴミ集積所の向かい側に停めてある白い車のボンネットにだらしなく寄りかかって、携帯をいじっているようだ。

なぜ、ここにQがいるのだろう？　さっき「コンビニに寄っていかねぇか」とアレイを誘ったQは、もう、とっくに学校を出ているはずではなかったか――。

曲がり角からのぞくアレイの姿を見つけて、Qも「あれっ?」と声をあげた。

アレイの頭の中に一瞬(いっしゅん)、ある考えが浮(う)かんだ。

あの手紙は、いたずらだったのではないだろうか? 女子たちがアレイやQや、その他大勢の男子たちにランダムに手紙を送り、誰(だれ)がそのエサに引っかかって体育館裏にやってくるかを、どこかで観察しておもしろがっているのではないだろうか?

アレイは、そう思うと自分の頭にカッと血がのぼるのがわかった。ちらちらと、周囲に目を配りながら、すばやくQのそばまで歩み寄り、ささやくようにたずねる。

「……おまえも、手紙もらったのか?」

しかし、アレイのその質問にQは、「え?」と首をかしげた。

「手紙? ……手紙って? 俺(おれ)は、さっき、下足箱んとこで、七年生のナントカってやつに、呼びとめられただけだぜ」

「呼びとめられた?」

アレイが聞き返すと、Qはうなずいて続けた。

「うん。九年生のナントカってやつが、話があるって言ってるから、体育館の裏で待っててくれって言われたんだ」

「え？　九年生のナントカ？」

九年生に女子はいない。Qに話があると言ったのは茶髪の江本匡史か筒井健だろう。

別件？　Qはたまたま同じタイミングで俺とは別の呼びだしをくらったのか？

「なんの用だろうなあ？」

Qは不思議そうに首をかしげ、アレイに聞いた。

「おまえも、呼びだされたわけ？　九年生のナントカから？」

「いや……。俺は、別」

そう短く答え、それ以上つっこまれる前にアレイは急いで話題を変えた。

「Q。その呼びだしって……、もしかして……九年生、おまえのこと、しめるつもりなんじゃねえか？」

「なんで？」

Qは心から意味がわからない、というようにアレイを見る。

「おまえ、九年生、おこらすようなことしただろ？」

「してない」

きっぱりとQは答え、アレイは、だめだ、こいつ、と思った。

おこらせたに決まっている。あのやる気のない部活態度。協調性のかけらもないマイペースさかげん。部長のくせに、この体たらくだ。

まじめに部活に取り組もうとしている九年生の二人組がおもしろく思うはずがない。

そういえば、最近、九年生と、あのお調子者の七年生の安川がつるんでいる姿を時折見かけることにアレイは気づいた。

下足箱でQに声をかけた伝令は、きっと安川だ。九年生の江本か筒井……それとも、その両方から命じられて、Qに伝言を伝えたのだろう。

そのとき、さっきアレイが歩いてきた体育館とプールの間の通路を、こちらに近づいてくる話し声が聞こえてきた。

「絶対、ボコってやろうぜ」

「しめねぇと、わかんねぇやつなんだよ。部長っていう自覚ゼロじゃん」

「なめてますよね、あいつ」

九年の江本、筒井、そして七年の安川の声だ。

やっぱり、そうだ。

アレイは確信した。まだ少し距離があるのに、こんなにはっきりと言葉が聞きとれるのは、話し声がかなり大きかったからである。三人とも、ずいぶん、テンションが上がっているようだ。

まずい……。

南から近づく気配を避け、アレイはとっさに、北に向かって走りだしながら、Qに声をかけた。

「行くぞ！」

「え？　どこ行くんだよ？　待ちあわせは？」

こいつ、まだ状況把握ができないのか？

アレイは腹立たしく思いながら短く答える。

「フケるんだよ」

「え？　また？」

Qが、ちょっと驚いたように、でも、なんだか楽しそうに聞き返して走りだした。アレイが、心の中で、チェッと舌打ちをした、ちょうどそのときである。

「あ！」という声が、アレイたちの後方であがった。

「逃げやがった！」

体育館の角を曲がった三人組が、逃げるアレイたちを発見して叫んでいる。

「こらあ！　厩舎！　待てー！」

江本の声だ。こっちに向かって駆けだしてくる足音が聞こえた。

10
放課後

スピードを上げたアレイたちは、あとちょっとで、体育館の北東の角に到着しようとしていた。

「待てー！」

今度は、安川が叫んでいる。待つわけがないのに――。

そのとき。自分たちが走りこもうとしている角の向こうから、弾んだ声が聞こえた気がしてアレイはドキリとした。

「先輩、どう思います？　田代先輩、ちゃんと来てるかなあ……」

う……、まずい！　とアレイは思った。この声は、たぶん、あいつだ！　――アレイを体育館裏に呼びだした大石春来がやってくる。

アレイが曲がり角の直前で急ブレーキをかけたので、すぐ後ろのQがつんのめった。

「うわ！　なんだよ、急に！」

止まりきれないQにぶつかられ、アレイの体が体育館の角から押しだされる。

「わ……」

そこに、角の向こうから曲がってきたふたつの人影が重なった。正面衝突だ。

「キャッ！」と誰かが叫んだ。

アレイとQと、あとふたり……。体育館の角で四人の体がだんごになったとき、周りの空気が、ぐにゃりと大きな力でねじ曲げられたような気がした。

その瞬間（しゅんかん）、プールの底にもぐったときのように、すべての音がとぎれた。

「……なんだ？　なんだ？　どうなった？」

アレイのすぐ横で、Qがキョロキョロとあたりを見回している。

「もう。ぶつかんないでよ！」

アレイは、やっと、そうつぶやいている相手に目を向けた。

しかし、アレイが、口を開くより先に、Qが口を開いた。

「なんだ？　ヒカルじゃん。おまえ、なんで、ここにいるんだ？」

とんがった目でこっちをにらんでいるヒカルの横にはアレイに手紙を送ってよこした大石春来もつっ立っている。

「ヒカルって言うな」

そう不機嫌（ふきげん）につぶやくヒカルの横で、ふわふわヘアのハルコが、急に明るい声をあげた。

「田代先輩（せんぱい）！　やっぱり、ちゃんと、来てくれたんですね!?」

Qが目を丸くしてハルコを眺（なが）め、アレイに質問する。

「こいつ、誰（だれ）？　田代って、何者？」

アレイは、ふたつの質問のうちの片っぽにだけ答えた。

「田代は、俺だよ」

「え？　なに？」

Qはぽかんとして、アレイとハルコを見比べている。

「『田代先輩、やっぱり、ちゃんと、来てくれたんですね』ってことは、おまえ、こいつと、ここで待ちあわせしてたの？」

「待ちあわせじゃねえし」

ヒカル以上に不機嫌な声でアレイは言った。それなのに、ハルコは、再びすっ頓狂な声をあげ、輝く目でアレイを見つめた。

「チョー嬉しい！　田代先輩、来てくれないんじゃないかと思った！」

気まずい沈黙が流れた。Qが、もう一度、ハルコとアレイを指さして、同じ質問をくり返した。

「だから、こいつと、おまえ、待ちあわせしてたんだろ？」

「だから、そんなんじゃないって」

ぐだぐだ言いあっているアレイとQに、ヒカルがもう一度言った。

「ぶつかんないでよ。もうちょっとで、フルートのケース、落っことすとこだったじゃない。なんで、飛びだしてくるのよ？　逃げる気だったわけ？」

「あ……。そうだ。あいつらは?」

思いだしてQが後ろをふり返った。

アレイたちが走ってきた体育館の東側の通路はがらんとして人影はなかった。

「あいつらって、誰よ?」

ヒカルの問いにQが答える。

「九年生のナントカと、七年生のカントカ」

「なに? それ?」

ヒカルは、おこったように聞き返し、答えを求めるようにアレイを見た。しかし、アレイには、ヒカルの言葉が聞こえていなかった。

アレイは、学校の外の景色に視線を吸い寄せられたまま、息をのんでいた。

フェンスの向こうを、真っ白い霧が覆っていた。町が霧にのみこまれている。

「霧だ……」

アレイの口からもれたつぶやきに、Qもフェンスの外を見る。

「げっ!」

そう言ったきり、Qも固まった。

「すごぉい。真っ白」

10
放課後

ハルコが、目を丸くして、通用門に歩み寄る。

「なに？　これ……。この霧、なんで、フェンスのこっちに入ってこないの？」

ヒカルは、霧の不自然さに気づいたようだった。

霧はフェンスの外の景色をのみこみ、学校の上空もすっぽりと覆っていた。しかし、フェンスの内側の学校の敷地内には、まったく入りこんできていない。

この前と同じだ。

校舎と中庭を残して真っ白い霧がその周囲を包んでいたように。今は、学校の敷地の外の世界を霧が覆っている。音も聞こえない。フェンスのすぐ向こうの町のざわめきも、鳥の声も、なにも聞こえない。匂いもしない。土の匂いも、春の風の香りも消えてしまっていた。

「カクレドだ……」

アレイは、思わずつぶやいていた。なにかに、ぎゅっと心臓をつかまれたような気がする。

「え？　……まじで？」

Qが不安げにアレイを見る。アレイはすでに確信していた。

ここは、カクレドの中だと。この学校は幻なのだと。校舎も体育館もフェンスも、ゴミ集積所も、なにもかも、すべてはよくできたイミテーションなのだ。しかも……。

「広がってる……」

アレイは、そう口に出して言った。

「カクレドが広がってる……」

Qが、キョロキョロとあたりを見回す。ふたりのただならぬ様子にヒカルとハルコが不安そうに顔を見合わすのがわかった。

この前は、おそらく校舎と中庭だけがカクレドの範囲だったのに、今は、それが栗栖の丘学園の敷地全体にまで広がっている。

確実にカクレドは大きくなっていた。

じんわりと恐怖が胸の奥に湧きあがってきた。ふくらむ不安に締めつけられ、ドクドクと心臓が脈打つ。

アレイは幻の学校のあちこちに目を配った。あいつらが……一つ目の影たちが、またどこかから現れるかもしれない。

「行こう」

アレイはQに言った。

「どこに?」

Qの問いに、「東側校舎の一階」と短く答えて、アレイは歩きだす。

「ねえ!　なんなのよ?　いったい、なんの話、してんの?」

ヒカルがたずねたが、アレイはふり返らずに歩き続けた。

「いいから、来いよ！　もし、まだ、あの正方形の教室があれば……。あのほころびがふさがってなければ、あそこから脱(ぬ)けだせる」

「えっ？　どこ？　なに？　どういうこと」

ハルコが、うだうだ言っている。それでもアレイはふり返らなかった。

アレイは考え続けていた。

はたして、ほころびはまだ口を開けているだろうか？　今度もまた、そのほころびから、カクレドの外へ出ることができるのだろうか？

ふと、別の疑問が心の端(はし)に頭をもたげる。

どうして今回、カクレドの中に送りこまれたのは、アレイとQだけではないのだろう？

同じ体育館周辺にいた、九年生の江本と筒井、七年生の安川は、どうやら、こっち側には送りこまれなかったようだ。

それなのに、なぜ、ヒカルとハルコは、カクレドの中に入りこんでしまったのだろう？

猿(さる)は言っていた。

天(あま)ツ神(かみ)は、こっちの都合はお構いなしで、カンナギをカクレドの中に送りこむのだと——。

単なるアクシデントだろうか？　天ツ神がアレイとQを送りこもうとしたときに、ごっちゃにぶつかった四人を、うっかり全員カクレドの中に送りこんでしまった、ただ、それだけのことなのだろうか？

それとも――。

アレイは校舎を目指して急ぎ足に歩いていた。さっき走りぬけた体育館の東側の通路をゴミ集積所のほうへ引き返し、南東の角を曲がり、体育館とプールの間を通って、東側校舎の通用口から校舎の中へ入るつもりだったのだ。Qとヒカルとハルコも、アレイのあとについてくる。

プールの脇をぬけ、やっと通用口のドアにたどりついて、アレイは足を止めた。

ノブを回してみると、ドアに鍵（かぎ）はかかっていなかった。ホッと安堵（あんど）のため息がもれる。

アレイが開いたドアから校舎の中へ入っていくと、後ろでヒカルが非難めいた声をあげた。

「ちょっと！　下靴（したぐつ）のままだよ」

本来なら、校舎内に下靴で上がることは許されない。しかし、ここは、幻（まぼろし）の校舎なのだ。

「いいんだよ」

アレイは説明するのがめんどうで、ただそう言い置いて足を踏（ふ）みだした。

「え？　いいんですか？」

ハルコが、とまどうように通用口でもじもじしている。

10
放課後

「いいから、早く行こうぜ」

Qが、そんな女子ふたりの間をすりぬけて、校舎に入ってきた。

東側校舎の廊下(ろうか)を歩きだす前にアレイは、もう一度だけヒカルたちをふり返って、声をかけた。

「早く、来いよ、大丈夫(だいじょうぶ)だから。ここに、先生なんて、いないよ。俺(おれ)たちに文句言うやつは、いないんだ」

ここは幻(まぼろし)の学校なんだから——という言葉をアレイはのみこんだ。

「どういうことよ?」

ヒカルが、イラついた様子でアレイにたずねた。

「来いよ!　早く」

その質問を無視して、アレイが廊下を歩きだそうとした、そのときだった。

静まり返る校舎全体をゆるがして、あの声が突然響(とつぜんひび)きわたった……。

頭の内側をギリギリとこするような不気味な声が聞こえる。

「ギィ……ギィ……ギィ……ギィ……。

カァァン……ナァ……ギィ……」

アレイは耳をふさぎたくなるようなその声に歯を食いしばりながら、声の主の姿を探した。

キョロキョロと落ちつきなくあたりを見回してみても、一つ目の影の姿は見えない。

しかし、声だけは、はっきりと聞こえた。あいつが笑っている。ギリギリと軋むような声で笑っている。

「来いよ！　下靴でいいから！」

アレイは、叫んで、廊下に飛びだした。

ヒカルとハルコも、やっと後ろについてきた。

アレイは、がらんとしたトンネルのような廊下の角に立ち、あの幻の教室を探した。

11 ハルク

「ないぞ！」

アレイの横でQが叫んだ。

この前、アレイが見つけた六番目の教室はなくなっていた。東側校舎の北の端に姿を現していた、あの正方形の教室は、もうない。念のため、アレイは廊下を先に進んで東側校舎全体を見渡してみた。

しかし、ない——。なくなってしまった。

廊下には、五つの教室の引き戸が当たり前のように並んでいるだけだ。

「ほころびが、消えた……」

呆然とつぶやくアレイに、ついてきたヒカルが詰め寄る。

「ねえ！　どうなってんのよ⁉　なにが、どうなってんのか、説明して！」

「わからない……」

首を横にふってそう言ったアレイは、心の中の思いを吐きだした。

「前のほころびがもう消えてるんなら、今度はどこを探せばいいんだ？　どうやって、カクレドから出るんだ？」

ヒカルがイライラしたように、また質問を発した。

「ほころびって、なに？　カクレドって、なに？」

「先輩！」

そのとき、ハルコがキイキイ声で叫んで、ヒカルの制服の腕にしがみついた。

「なんか、来る！　ほら、あっち！　廊下の奥！」

脱出口を探して、まだ廊下に並ぶ引き戸を見回していたアレイとQも、アレイをにらみつけていたヒカルも、全員がいっせいにハルコの指さす先を見た。

「なに……、あれ？」

ヒカルが全員を代表するように言って、一歩後ずさった。

さっきアレイたちが足を踏み入れた廊下の角から、白いモヤモヤしたものが流れてくるのが見えた。

霧だ！

アレイは、ゆっくりとこちらへ流れてくる霧を見つめて、ハッと息をのんだ。真っ白な霧の中にボコリと泡がふくらむのが見えたからだ。その湧きあがる白い泡の中になにかが浮かんだ。

「……目玉だ！」

Qが叫んだ。

「えええええっ！　なに、あれ？　なに、あれ？」

ハルコがパニクって叫ぶ。

大きな泡はパチンと弾けた。泡といっしょに、目玉も消える。しかし――。

ボコリ……、ボコッ……ボコリ……。

霧の中にいくつもの泡がふくらみはじめた。そしてそのひとつひとつの泡の中に目玉が現れ、弾ける泡といっしょに消えた。

ボコッ、ブクッ、ゴフッ、ボコリ……。

あっちにも、こっちにも、目玉が現れては弾けていく。

「なにっ？　なにっ？　なにっ？」

ヒカルにしがみついたハルコが叫んでいる。

四人は、廊下の真ん中に、固まったまま立ちつくしていた。

逃げなければという思いと、なにが起こるのか見届けなければという思いがアレイの心の中でせめぎあっている。

流れ寄る霧のスピードは遅い。ゆっくりと、ゆっくりと、泡の目玉を弾けさせながら廊下を流れてくる。あまりにも現実離れした目の前の情景に頭がついていかない。映像の中の出来事を眺めているようで、この摩訶不思議なことの顛末をずっと見ていたい気さえする。背中を向けて逃げだしたとたん、あの霧が襲いかかってきそうで足がすくむ。

動けずにいる四人の前で、ふいに霧の中から白い柱が立ちあがった。ボコリと持ちあがった霧の柱が天井近くまで、スルリと伸びあがると、そのてっぺんに目玉がひとつ現れ、アレイたちのほうをギロリと見下ろした。

「あ……！」

誰かが声をあげたそのとき。流れる霧から、いっせいに、何本もの白い柱が立ちあがりはじめた。五本……、十本……、二十本……。柱のてっぺんに、ひとつずつ目玉が現れると、白い霧の柱は、陽炎のようにゆらめきながら、あっという間に人の形に固まった。そして、人形に固まった霧が突然、墨を流したように黒く染まったとき、Qが叫んだ。

「影だぁ！　一つ目の影が出た！」

その声を合図に、誰より早く走りだしたのはハルコだった。

「キャー！」とか「ワァー！」とか言葉にならない叫び声をあげ、南側校舎に向かって走っていく。

一つ目の影たちが、あの金属の軋むような声で歌うように、ひとつの言葉を唱えるのが聞こえた。

「カンナギィ、カンナギィ、カンナギィ」

ギィ、ギィ、ギィと影たちの声の響きが頭の芯をこする。一つ目の黒い影の群団が、言葉を唱えながら、こっちへやってくる。

「カンナギィ、カンナギィ、カンナギィ……」

黒い頭のてっぺんから背中にかけて、もやもやとした影がたてがみのようにたなびいているのが見えた。一つ目の影たちが、どろりとした腕をこっちへ伸ばそうと持ちあげた瞬間、アレイはハッと我に返って叫んだ。

「逃げろ!」

しかし、アレイが叫ぶより早く、Qもヒカルも、ハルコのあとを追って駆けだしていた。アレイも、影たちにくるりと背を向け、走りだす。

ドクドクドクと心臓が脈打ち、冷たい汗が体中からドッと噴きだした。

真っ先に走りだしたハルコはもう、角を曲がって見えなくなっていた。少し遅れてQとヒカル、最後にアレイが廊下の角を曲がって南側校舎へ駆けこんだ。

後ろから呪文のような、影たちの声が追いかけてくる。

「カンナギィ……ギィ、ギィ……。

カンナギィ……ギィ、ギィ……。

カンナギィ……」

どこだ！　どこだ！　どこだ！　ほころびは、どこだ？

アレイは南側校舎を駆けぬけながら、どこかにあの正方形の教室が出現してはいないかと、必死に入り口の戸を探した。

しかし、余分な戸も、余分な教室も、どこにもない。脱出口を見つけられぬうちに廊下の曲がり角にたどりつき、アレイの先を行く三人は、西側校舎へとその角を曲がった。アレイは、ちらりと後ろをふり返った。

一つ目の影たちは、細い腕を伸ばし、ぞろり、ぞろりと廊下をこっちに向かってくる。

「カンナギィ……ギィ……。

カンナギィ……ギィ……ギィ……ギィ」

追ってくるその声をふりきるように角を曲がって走りだすアレイの脳裏に、なぜか『古事記』の一節が浮かんだ。

――ここに伊邪那岐命見畏みて逃げ還りますとき、その妹伊邪那美命……、すなはち黄泉つ醜女を遣して追はしめき——。

黄泉ツ大神となったイザナミが放ったという追っ手と、自分たちを追ってくる一つ目の影のイメージが重なる。

「カンナギィ……ギィ……ギィ」

影たちの声が廊下に響く。

昇降口にさしかかったアレイは、下足箱の向こうに並ぶガラス扉の外に目をやって確かめた。霧はやはり見えない……。この前は、校舎のすぐ外まで押し寄せていたが、カクレドが広がり、今霧は学校の敷地の外を覆っているようだ。

北側校舎に向かって走るQに、アレイは呼びかけた。

「Q！　外だ！　昇降口から出よう！」

「オーケー！」

叫んで駆けもどってくるQとともに、ヒカルとハルコも昇降口のほうに走ってきた。

しかし、ハルコだけが、なぜか昇降口の前を走りぬけていく。

「ハルちゃん！」

気づいたヒカルがハルコの名を叫ぶ。それでもハルコは止まらない。

下足箱の前に立つアレイもしかたなく叫びたくない名前を叫んだ。

「大石！　こっちだって！」

呼びかけには耳も貸さず、ハルコが駆け寄ったのは職員室の出入り口だった。駆け寄るなり力まかせに戸を引き開け、ハルコは叫んだ。

「先生！」

チェッと、アレイは心の中で舌打ちをした。

誰もいないって、言ってるだろ。

「先生ーっ！　どこ行っちゃったのお⁉」

職員室の中に向かって、ハルコが今にも泣きだしそうな声で叫んでいる。

職員会議中の先生たちに助けを求めようとしたのだろう。しかし、あの職員室の中は、どうせ空っぽなのだ。

「ちくしょうっ！」

Qが、昇降口の大きなガラス扉に飛びついてどなるのが聞こえた。

「開かないぞ！　くそっ！　こっちも、だめだ！」

「先生ーっ！　先生ーっ！」

ハルコが絶叫している。

「開かないはずない。この扉、外から鍵なんてかけらんないはずだぞ」

アレイは、そう言って、Qの元へ駆け寄り、ヒカルは無言のまま、職員室の入り口に立ちつくすハルコのほうへ駆け寄った。

栗栖の丘学園の西側校舎にある昇降口には、ぶ厚いガラスの両開きの扉が三組並んでいる。扉の内側にはそれぞれ、つまみをひねって開け閉めする錠がついていた。アレイはQが、ガタピシやっている扉の錠のつまみを、横位置から縦位置に回して、力いっぱい扉を押した。

「……開かない……」

引いてもみたが扉はびくとも動かない。

すぐ、隣の扉に移って、もう一度、鍵の開閉をくり返し、扉を押し引きしてみたが、結果は同じだった。

「ハルちゃん、こっち！」

ヒカルは、ハルコの腕をつかんで、こっちへ引っぱってくるつもりのようだ。しかし、こっちへ来ても、昇降口の扉が開かないのでは行き止まりだ。

アレイとQはあせりまくりながら、三組のガラス扉に次々飛びつき、鍵を回したり、扉を押したり引いたり、しまいには蹴とばしたり、ガラスを叩いてもみたが無駄だった。

「だめだ」

アレイはついに言った。

「しょうがない、どっかの教室から外に出ようぜ」

Qとふたりで廊下に駆け戻る。南側校舎に続く角を見ると、一つ目の影たちが、ゆっくりと、角を曲がってくるのが見えた。

「田代！」

ハルコを引っぱってきたヒカルがアレイの名を呼んだ。

「田代って、誰だっけ？」と聞き返すQを無視してアレイは、ヒカルのほうを見た。

「あっちから、来る！」

「えっ？」

アレイは北側校舎に続く廊下の角を見た。そこからゆっくりと現れたのは、もう一群の一つ目の影たちだった。

「挟まれた……」

つぶやきながらアレイは、全身の血が引いていくのがわかった。

心臓の脈動が、ジン、ジン、ジンと頭に響く。凍りつくような恐怖が全身を包んでいく。

南側校舎から押し寄せる影たちと、北側校舎から現れた影たちが声を合わせて、あの言葉を唱えている。

「カンナギィ……ギィ……ギィ……カンナギィ……ギィ……カンナギィ……」

「きゃあああああ！」と、ハルコが派手な悲鳴をあげて、ヒカルにしがみついた。

「先輩！　ろ、廊下！　床見て！」

その言葉にハッとして足元に目をやったアレイは、思わず後ずさった。

「うわ……」

アレイの横でQが呆然とつぶやく。

「つ……土蜘蛛……」

アレイの名字は覚えられないくせに、腹の真ん中に目玉をひとつくっつけた不気味な蜘蛛の名は覚えたらしい。

蜘蛛たちは、アレイたちの体から立ちのぼる恐怖の匂いに引き寄せられたのだろう。長い脚をカサコソと動かし、廊下の曲がり角の向こうから、黒いシミのように昇降口へ押し寄せてこようとしている。

「だ……だめだ。怖がっちゃ、だめだ」

アレイは震える声で自分に言い聞かせるように言った。

「きっと恐怖の匂いが、あいつらを呼び寄せたんだ。……だから……、だから、怖がっちゃだめだ」

「無理……。絶対、無理」

Qが首を横にふりながら、きっぱりと言った。

アレイも、そのとおりだと思った。左右からじわじわと押し寄せてくる一つ目の影たちとその影たちの足元にまとわりつきながら忍び寄ってくる土蜘蛛の群れ。抑えようとしても、心の中で恐怖がどんどん増殖していく。

「カンナギィ……ギィ……ギィ……ギィ……。

カンナギィ……。

カンナギィ……。

ギィ……ギィ……ギィ……」

目の前に迫った影たちはどこか嬉しそうだった。このままアレイたちを、恐怖にからめとれると思っているのかもしれない。

アレイたちは、影の群れと、土蜘蛛の群れに押され、じり、じりと、閉ざされた昇降口の扉のほうへ後ずさっていった。とうとう、ガラス扉につきあたり、それ以上進めなくなると、アレイもQもヒカルも最後の望みをかけて、扉に飛びつき、それをがむしゃらにゆさぶった。

ハルコだけが、一枚の扉にぴたりと背中をあてたまま、真ん丸に見開いた目で、凍りついたように昇降口に迫る影と蜘蛛を見つめている。

「開いて！　お願い！　開け！」

ヒカルが両手の平で、ぶ厚いガラスをバンバン叩(たた)いた。

「ちくしょう！　こいつ！　ちくしょう！」

Ｑが扉(とびら)を蹴(け)っている。

アレイは無言でひたすら扉に体当たりをくり返した。

影(かげ)たちはとうとう下足箱の列の間に入りこんできた。その足元には土蜘蛛たちがつき従っている。

「カンナギィ……ギィ……ギィ……。

ギィ……ギィ……ギィ……。

カンナギィ……」

「来ないでえええええっ!!」

影たちの声を切(き)り裂(さ)いて、ハルコの悲鳴が昇降口(しょうこうぐち)に響(ひび)きわたった。そのときだった。

メリ、メリ、メリ、バリッ、バキッ――。

巨大(きょだい)なとどろきが、あたりを震(ふる)わせた。

アレイは、反射的に後ろをふり返った。

「なんだ？　なんだ？」

Ｑも、あわてて影たちのほうに向き直る。

「え？」

ヒカルだけが轟音のしたほうを見ていた。背後に迫る影たちのほうではなく、ハルコの立つ昇降口の扉のほうを見つめてヒカルが、ハッと息を吸いこむのがわかった。やっとアレイの目にもヒカルの見ているものが飛びこんできた。

昇降口のガラス扉の一枚が、なくなっている。……いや、扉の一枚が、力まかせに壁から引きはがされているのだ。

「えええええっ⁉」

アレイとヒカルが見つめるものに気づいたQは、目をむいて叫んだ。

ハルコが、ガラス扉を引きはがしていた。力まかせに壁からむしり取られ大きくゆがんだぶ厚いガラス扉を、ハルコが頭の上に持ちあげ、迫りくる影たちに向かって身構えるのが見えた。

「来るなって言ってんだよ」

ハルコは、確かにそうつぶやいた。口の中で、もぞもぞとつぶやくと、頭の上に持ちあげたガラス扉を、正面に迫る影たちに向かって投げつけた。

バリ……バリリ……グワッシャン……。

扉は凄まじい音を立てて、一つ目の影の群れの真ん中に命中した。

影たちの体が、黒い霧になって弾け散るのが見えた。土蜘蛛たちが、サッと黒い波のように引いていく。

「えっ？　えっ？　ええええっ⁉」

Qが、もう一度叫んだ。

ハルコが、両開きの扉の残った一枚をまた、引きはがしにかかったからだ。それは、いとも簡単に、壁からむしり取られた。ハルコは、バリバリと音を立て、まるで、ベニヤ板でもはがすように楽々と、残った一枚のガラス扉を蝶番ごと支柱から引きちぎった。そして右手に迫る影の群れに向かって投げつけた。

一つ目の影たちは、声ひとつ立てず、黒い霧となって弾け散った。

カンナギだ！

アレイは目を見張り、心の中で叫んでいた。

こいつ……、カンナギなんだ！　天ツ神は、こいつに、どはずれた怪力を授けたんだ！

最後に残っていた左手の影の一団を、ハルコが、下足箱を押し倒してつぶすのを見て、もう一度、Qが念を押すように叫んだ。

「ええっ⁉　えっ⁉　ええええっ⁉　まじで⁉」

「ハル……ちゃん」

あっけにとられたヒカルが、ささやくように名前を口にすると、ハルコはくるりとこっちをふり返った。そして、いきなり、驚いているヒカルにしがみついて言った。

「せんぱあい！　怖かったよお！」

今、その手でガラス扉を引きはがしたことなど……、それを影の群れに向かって投げつけたことなど……、下足箱を押し倒して一つ目の影たちをつぶしたことなど、すべて忘れたように、ハルコは甘えた声でヒカルに泣きついている。

ぽかんと口を開けてハルコを見ていたQがぽつんと言った。

「女子って、ほんっと、わかんねぇのな」

そう言ってからQは、ふと足元の床に目を落とし、そこに放りだされていた手提げ袋を拾いあげた。

それは、さっきまでハルコが腕にぶら下げていた手提げ袋だった。中からは大判の楽譜がのぞいている。きっと、扉を引きはがしたときにでも、腕からすべり落ちたのだろう。

Qは、しばし、その手提げ袋をじっと見つめ、記された持ち主の名前に見入っていたが、急に納得したというようにうなずいて口を開いた。

「そっか……。ハルクか……。大石春来。おまえ、すっごい怪力だと思ったら、さすが、ハルクなんだな」

電光石火のすばやさでハルコがQをふり返った。その目には、すべてを焼きつくしそうな怒りの炎が燃えていた。

ハルコはQの腕から、有無を言わさず手提げ袋をひったくった。そして、ヒカルに向かって発していたのとはまったく違う、ドスの利いた声で、ぼそぼそと言った。

「ハルクって、言うな、二度と——。まじ、許さないからな」

そのあまりの変貌にアレイとQは思わず顔を見合わせた。ヒカルもたじろいでいる。

Qが、もう一度、同じセリフをつぶやいた。

「女子って、ほんっと、わかんねぇのな」

アレイは気を取り直そうと、大きくひとつ息を吸い、扉のなくなった背後をふり返った。

床に散乱するガラスと倒れた下足箱の周りには、まだ黒い霧がたゆたいながらわだかまっていた。霧はまた少しずつまとまって、失われた形を取り戻そうとしているようだった。

「行こう。早く、ほころびを探そうぜ」

アレイは、その霧の向こうに広がる校舎の暗がりを見つめた。ひょっとすると、ほころびは今、この校舎のどこかに口を開けているのかもしれない。二階か三階か四階のどこかに、また、あの幻の教室のようなほころびが出現しているかもしれないのだ。

校舎の中に引き返して、ほころびを探すべきか、それとも、校舎外を探索するべきか？

可能性は五分五分だ。――だが、心はなぜかアレイに、外へ出ろと命じていた。今回は、前回とまったく違う場所に、まったく違う形でほころびが出現しているような予感があった。

猿の言葉を思いだす。

――天ツ神ハ、スベテノ生物ニ宿ル――。

アレイは、心を決めた。自分の内なる声に従おう、と決心して、校舎に背を向けた。

「行こうぜ」

アレイとQとヒカルとハルコは、もぎ取られた扉の跡から外へ足を踏みだした。

12 カクレド

どうして、昇降口の扉は開かなかったんだろう？

アレイは、校舎をあとにしながら考えていた。東側校舎の通用口は、あっさり開いたのに、なぜ昇降口の扉は閉ざされていたのだろう？

……トラップか？

もしかすると、黄泉ツ神たちは進化しているのかもしれない……。そう思ってアレイはゾクリとした。少しずつ大きくなるカクレドの中で、増殖をくり返しながらやつらは進化しているのではないだろうか？　アレイたちが、前回ほころびを見つけた校舎の中に入ってくることを予測して、やつらはあらかじめ今回、トラップを仕掛けていたのではないだろうか？　東側校舎にアレイたちをわざと招き入れ、出口をふさいで、一つ目の影たちに襲わせたのが、黄泉ツ神たちの企みだとしたら――？

じわじわと心の中に湧きあがってくる恐怖を追いはらい、アレイは考えた。

それなら、やっぱり、ほころびは校舎の外にあるはずだ。

歩を進めながら、アレイは、ちらりと校舎をふり返る。罠を仕掛けるのに、脱出口のそばを選ぶということはまずないだろう。獲物を逃がさないようにできるだけ離れた場所に罠を仕掛けるのが自然だ。だとしたらやはり今回のほころびは、校舎の外に出現している可能性が高い――そう思って、アレイは校庭の真ん中で足を止め、フェンスに囲まれた学校の敷地を改めて見回した。

どこだ？　どこにほころびがある――？

「田代」

ヒカルが、考えこんでいるアレイの肩を叩いた。びくりとしてふり返るアレイに、ヒカルはきつい声で言った。

「ねぇ。いいかげん、ちゃんと説明してよ。カンナギって、なに？　あの一つ目のバケモノはなんだったの？　どうして、あんなのが学校ん中をうろついてんのよ」

アレイは、ヒカルの質問の答えを頭の中で組み立てながら、たじろいでいた。この現実離れした出来事の複雑な状況を自分が説明しなければならないのかと思うと、鉛をのみこんだみたいに気が重くなっていく。今すぐ、誰かにタッチして説明を任せたい気分だ。猿か、それともQに――。

すると黙りこむアレイの横で、その気持ちを察したかのようにQが口を開いた。

「ここ、じつは学校じゃねえんだ。そっくりにできてるけど、ここは黄泉ツ神のカクレドの中で、俺たちは、そのカクレドに入りこんじゃったわけ」

いいぞ、Q。その調子だ、とアレイは思ったが、ヒカルは冷たい一瞥をQにくれただけで、もう一度アレイをにらんで言った。

「ちゃんと説明してって言ったのよ。ちゃんと、意味がわかるように」

それは、とても難しい注文だった。アレイだってまだ、今起こっていることの全貌がつかめていないのに、意味の通る説明ができるわけがない。

しかたなく、時間稼ぎのようにアレイは、ヒカルに質問を返した。

「じゃ、まず、聞くけどさ、おまえ、最近、猿の夢、見たことないか？　しゃべる猿の夢だよ」

ヒカルは、一瞬黙りこみ、それから小さくひとつうなずいた。

「……見たけど、それが、なんなの？」

「えええええーっ！」

Qとハルコが同時に叫んだ。

「おまえ……、おまえ、俺が聞いたとき、見てないって、言ったじゃん！」

「言ってない」

ヒカルは、つっけんどんに答える。

「なに、それ？　って言っただけでしょ？　いきなり、あんなこと聞かれたら、誰だってそう言うわよ」

「先輩、しゃべる猿の夢、見たって、まじで？　あたしも！　あたしも、見た！　田代先輩、なんで、知ってるの？」

「え、ハルちゃんも、猿の夢、見たの？」

ヒカルは目を見張って、ハルコを見た。

やっぱり、そうかと、アレイは心の中でうなずく。やはり、ヒカルもハルコも、パルス猿が発信した天ツ神のメッセージをキャッチしていたということだ。

「猿が言ってただろ？　栗栖の丘に、来いって」

アレイの言葉に、ヒカルとハルコは顔を見合わせた。

「……言ってた」と先に答えたのはハルコだった。ヒカルもその言葉に同意してうなずく。

つまり、それは、このふたりがカンナギだという証だった。ヒカルとハルコも、この地に集められた、七柱のカンナギのメンバーだということだ。

アレイは、ぽつぽつと言葉を選びながらしゃべった。

「俺とQも、同じ夢、見たんだ。おまえたちと同じ、あの猿の夢だよ」

びっくりしてハルコの目が丸くなる。ヒカルも驚いているようだ。

「それで、開校式の次の日の放課後、その猿に会ったんだよ。コンビニの裏山でさ」

「猿に……会ったの？　本物のしゃべる猿に？」

ヒカルが確認する。アレイはうなずいて続けた。

「そう……。ただ、厳密に言うと、猿はしゃべってるわけじゃなくて、脳波の電気信号みたいなものに干渉して、メッセージをキャッチしたり発信したりしてるんだけどな……」

ヒカルとハルコの顔に、「まったく理解できない」という表情が浮かんだので、アレイは急いで話の方向を変えた。

「猿は言ってた。天ツ神が、俺たちを、ここに集めたんだって。『栗栖の丘に、来い』っていう、あの夢は、天ツ神からのメッセージだったんだ。天ツ神は、黄泉ツ神がこの世に侵入するのを防ぐために、メンバーを集めたんだよ。七人のメンバー……。あ、でも、メンバーに猿も入ってるから、正確には七人じゃないけどな……」

相変わらずヒカルとハルコの顔には、混乱と当惑が刻まれていたが、ハルコがちょっと首をかしげ、おずおずというように口を開いた。

「じゃ……あたしたち、神さまの選抜メンバーってことですか？」

「うん」

意外にも、ハルコが混み入った説明を理解しているらしいことに気をよくして、アレイはうなずいた。ハルコが、また口を開いた。

「えーと……、だから、しゃべる猿が、その天ツ神なんですよね？」

「違うって」

アレイは、がっかりして否定する。「おまえ、ちゃんと、話、聞いてた？」と言いたいのを、ぐっとがまんし、辛抱強く言葉を続ける。

「だからさ、猿は、俺たちの仲間なの。天ツ神に集められたメンバーってことだよ。俺たちと同じ、カンナギなんだ。カンナギっていうのは、天ツ神によって特別な能力を与えられたやつらのことで、いろんな時代、いろんな地域にときどき出現するもんらしい。天ツ神は、黄泉ツ神の侵入に備えて、カンナギを発生させるんだ。体の免疫システムと同じだよ。この世界全体をひとつの生命体として捉えると、黄泉ツ神は、その体の中に侵入してくる抗原で、カンナギは抗原を排除、抑制するためのリンパ球とかマクロファージみたいなもんなんだと思う。……で、俺たちが集められた。ここに今、黄泉ツ神が侵入し、増殖しようとしてるから、それを排除するために免疫システムが動きだし、カンナギが呼び集められたんだ」

きちんと説明しようと思えば思うほど、話がどんどんややこしくなっていくことに、アレイはうんざりしていた。しかし、ヒカルとハルコは、それ以上に、もっとうんざりしているようだった。

「なに言ってんだか、全然、わかんない」

ヒカルはひと言吐き捨てるように感想を述べた。

それは、俺の説明力の問題じゃなくて、おまえたちの理解力の問題だろと、アレイは心の中で言い返す。

ヒカルは非難するような目をQに向けて、問いかけた。

「厩舎はわかってるわけ？　この状況、理解できてるの？　田代の話、わかった？」

Qはギクリとしたようにヒカルを見つめ、自信のない目でアレイを見つめ、最後にぽつんと言った。

「……たぶん……。だいたい……」

「え？」

今度はアレイが非難の目をQに向ける。

「おまえ、わかってないわけ？　いっしょに、猿からレクチャー受けたじゃん」

「だから、だいたいは、わかってるって」

「意味わかんない」

ヒカルがイライラしたように、ふたりの会話に割って入った。

「天ツ神とか、黄泉ツ神とか、カンナギとか……。もし、田代の言うとおり、あたしたちが、その天ツ神とかいうやつに、ここに集められたんだとして、それで、どうしろって言うの？ その神さま、あたしたちになにをさせようっていうわけ？ あたし、選抜メンバーに入れてなんて頼んだ覚えもないし、ここに集合しても、なんにもできないんだけど」

アレイは、ヒカルの言葉にカチンときて、ぼそぼそと言い返した。

「あのな、言っとくけど、これ、俺が言ってんじゃなくて、猿から聞いた話だからな。俺が、おまえら、集めたわけでもないし、俺だって集められて迷惑してんだ。俺に文句言うのやめてくれる？」

「そういえばさ」

Qが口を開いた。

「ヒカルって、なにができるんだ？ 猿はテレパシーだろ？ 俺は数学だろ？ アレイは記憶で、ハルクが怪力……。ヒカルは、なんなんだ？」

「厩舎先輩」

ほほえみを口元に貼りつけたハルコが、上目づかいにQを見上げたが、その目はまったく笑っていなかった。

「今度、ハルクって言ったら、まじ許さないから……」

しかし、Qはハルコの言葉をスルーして、もう一度ヒカルにたずねた。

「なあ、なんかできるんだろ？　テレポーテーションとかさ、目から冷凍光線出すとかさ」

「できない」

ヒカルは不機嫌な目でQをにらんだ。

「そんなこと、できるわけないでしょ？　アニメのキャラクターじゃないのよ。マンガの読みすぎなんじゃない？」

「うそだね」

Qがひるまず食いさがる。

「おまえ、『猿の夢、見たか？』って聞いたときもうそついたしな。絶対、なんかできるくせに隠してるね」

Qは、ヒカルが自分に「猿の夢を見た」と言わなかったことが、かなり引っかかっているらしい。

「うそついてない。いきなり変なこと聞くから、『なに、それ？』って聞いただけ。できることなんて、ない。あたしは、カンナギなんかじゃない」

本当だろうか――？

アレイはヒカルの言葉を検討する。アレイとQとハルク……いやハルコ、その三人のカンナギをカクレドに送りこもうとした天ツ神が、いっしょにいたヒカルまでうっかり巻きこんでしまっただけなのだろうか？　ヒカルは、カンナギではないのだろうか？

いや……違う。

ヒカル自身、猿が発した天ツ神からのメッセージを受け取ったと言っていたではないか。

ヒカルはカンナギだ。

アレイはそう思ったが、それを口には出さなかった。

「とにかく、今は、こっから出ることを考えようぜ」

その代わりに、そう言って、アレイは、いざこざから目をそらすように校庭を見つめた。

「女子って、うそつきだからなあ……」

Qはまだぶつぶつ言っている。

「あの……」

怪力のハルコが、またおずおずと口を開いた。

「こっから、出るって、どういう意味ですか？　さっき、厩舎先輩、ここは学校じゃなくて、ナントカだって言ってましたけど、どういうこと？」

ハルコが小首をかしげてアレイを見上げる。

なんで、みんな、俺に聞くんだ？　俺は天ツ神の伝道師かよ……。

アレイはムスッとした顔でしかたなく答えた。

「カクレドだよ。ここは、地の底から出てきた黄泉ツ神のカクレドの中なんだ。あいつらは、地の底の世界と俺たちの世界の間に繭をつくって幻を生みだしながら、増殖していくらしい。その繭の中の世界がカクレドなんだよ。……で、黄泉ツ神の増殖につれてカクレドも広がるわけだ。俺とＱが、この前、迷いこんだときには、カクレドの範囲は栗栖の丘学園の校舎部分だけだったけど、今回は学園の敷地全体に広がったみたいだな」

ハルコは目を見張り、白い霧の中に浮かびあがる栗栖の丘学園を見渡した。

「……幻？　……これ、幻なの？」

「ああ」

アレイはまた、ぶっきらぼうに答える。

「そう。学園とそっくりだけど、本物じゃない。これは、黄泉ツ神がつくりあげたイミテーションの学園だ。こっから出るためには、ほころびを探さなくてはならない。ほころびからじゃないと、外へ出られないんだ」

ヒカルが聞いた。

「ほころびって、なに？」

「相違点――」

アレイは、幻の学園のあちこちをまた見回しながら答えて言った。

「本物の学園と、イミテーションの学園の相違点を見つけだすんだよ。それが、そっくりにつくられたこの世界のほころびってことだ。完璧なはずの幻の中に生まれてしまったバグ――。それを見つければ、そこから脱出できるんだ」

「どうやって、見つけるの？」と、たずねたヒカルの言葉と、

「見つからなかったら？」とたずねたハルコの言葉が重なった。

アレイは、そのどちらの質問も無視してただ、きっぱりと言った。

「とにかく、探すんだよ。どっかに必ず、ほころびはあるはずだから」

しかし、本当にほころびを見つけられるのだろうか？　見回したところ、校庭に異状はないようだ。校庭を囲む桜の木の本数も、その並び方も、ブランコやすべり台の位置も、フェンスの様子も、アレイの記憶にある現実の学園と食いちがっているところはない。

幸い、一つ目の影たちはまだ現れる様子がなかった。アレイはさっきから何度も校舎のほうをうかがっていたが、昇降口で弾け散って霧になった影たちは、今のところ姿を現してはいない。

「校庭にほころびがないってことは……。あと考えられるのは、校舎の周りか、体育館の周囲

……。それとも、体育館の中？　いや……プールってこともあるか……」

アレイは独り言をつぶやく。

「校舎の中は？」

ヒカルが、さっき逃げだしてきた建物をふり返ってアレイにたずねた。アレイは自分の考えを説明した。

「たぶん、それは、ないんじゃないかと思う。さっきのあれはきっと、罠だったんだ。あいつら、わざと俺たちを東側校舎の通用口から中へ入らせて、昇降口をふさいどいて、襲いかかってきたんじゃねえかと思う。罠を仕掛けるのに、脱出口の近くは選ばないだろ？　そりゃ、百パーセントない、とは言えないけど、どっちみち、今、あそこに引き返すのはリスクが大きすぎる。あそこはいちばん後まわしだ」

「じゃ、どっから探す？」

Qが、あたりをぐるりと見回して言った。

アレイは考えながら答える。

「まず、校舎と体育館の周り。それで、見つからなかったら、プールだな」

ハルコが、口を挟んだ。

「そのほころびって、どんな形してるんですか？　どんなものを探せばいいの？」

アレイはヒカルとハルコに説明する。

「この前のときは、東側校舎の一階に、余分な教室がひとつ現れてたんだ。正方形で、床に寄せ木細工の模様のある教室が……。それがほころびだった。本物の学園には、あるはずのない六つ目の教室だ。俺とQは、その教室から脱出した。でも今回、ほころびがどんな形で現れるかは、全然わかんないんだよ。だから、とにかく、現実の学園と、どっか違ってるところがないか確かめて回るしかないってことだ」

ハルコの目が不安げに見開かれる。

「そんなの、見つけられる？　こぉんな広い、学校の中で、間違い探しなんて……。本当の学校と違ってるとこなんて、見つけられるの？」

アレイは、ハルコたちから目をそらし、ぼそっと言った。

「俺、いっぺん見たものは忘れねえから……。だから、間違いがあれば、たぶん見つけられるよ」

「えっ？　ほんとに？　田代先輩、すっごおい！」

ハルコの言葉を苦々しい思いで聞いているアレイの横で、Qが言った。

「いや、おまえの怪力も、十分すごいって」

ハルコはおそろしい目つきでQをにらんだだけで、なにも言わなかった。

アレイがハルコに背を向け、校舎の裏に向かって歩きだそうとしたとき、ヒカルが口を開いた。

「ねぇ……。聞こえる？」

「……？」

アレイは、ヒカルのほうをふり返った。

校庭の真ん中にたたずむヒカルは、じっとなにかに耳を澄ましているようだった。

「なにが？」と、Qが聞いた。

「ほら……」と、ヒカルが言う。

「音楽よ……。さっきからずっと聞こえてるの。誰かが歌ってる。ね？　聞こえるでしょ？

……これ、なんていう曲だろ？　聞いたことのないメロディ——」

アレイとQとハルコは互いに顔を見合わせ、ヒカルの言う音楽を聞きとろうと耳をそばだてた。

しかし、聞こえない。音楽どころか、風の声も木々のざわめきも、町の音も、なにも聞こえない。この前と同じだ。

幻の学校からは、音も匂いも消え去ってしまっていた。

「聞こえないけど……」

ハルコは首をかしげてそう言ったが、ヒカルは低くハミングを始めた。

どうやら、聞こえてくるメロディを、なぞっているようだ。

「ン、ン、ン、ン、ンー」

五つの音を何度かくり返し、最後にヒカルは、その音をつかまえようとするかのように、音階でメロディを歌った。

「ミ、ド、ファ、ド、ソー」

音楽のかけらも聞きとることのできなかったアレイとQとハルコは、ヒカルの前で、もう一度、顔を見合わせる。

「あ……」

ヒカルが、顔を上げた。

「やんだ……」

そのとき、校庭を大きな風が吹きわたった。

「え？　風？」

幻の世界に、風――？

風の吹いてきた方角をふり返ったアレイの目に、校庭を囲むフェンスを越えて、白い波のように流れこんでくる霧が見えた。

12
カクレド

「……ヤバい……」

　思わずアレイはつぶやいた。

　風にあおられフェンスの上にもたげられた波頭がくだけると、霧は一気に校庭に流れこみ白いベールのように地面を覆いはじめた。ボコ、ボコと霧が泡立つのがわかる。大きな泡だ。ドッジボールどころか、マンホールのフタほどの大きさがある。その泡の中に目玉が見えた。

「逃げろ！」と叫んで、今度こそアレイは、真っ先に走りだした。残る三人も地面に流れる霧を逃れて走りだす。

　アレイは、校舎の方角を目指して校庭を駆けぬけた。昇降口の手前で、後ろをふり返ると、霧の中から何本かの太い柱が、にょきにょき生えだしているのが見えた。

　さっき、校舎の中で影たちが現れたときより、ずっと太く大きな柱だ。高さはおそらく一つ目の影たちの二倍……いや三倍はあるだろう。

　校庭の真ん中にそそり立つ柱が八本――。その柱のてっぺんに一つ目玉が見開かれるのと同時に、白い霧の柱はゆらめき、黒く染まって影の巨人に姿を変えた。

「カンナギィ……」

　巨人たちが声を合わせて叫んだ。八体の巨人が、じっとアレイたちを、一つ目玉で見つめている。その声はまるで、とどろく雷鳴のようだった。

「カンナギィ……カンナギィ……」

「ど……どうする？　どこに逃げる？」

Qにたずねられ、アレイはすばやくあたりを見回した。

「南側のフェンス沿いにプールの横を通って、体育館の裏に出ようぜ。どっかに、きっと、ほころびがあるはずだ」

自分に言い聞かせるように言って、アレイはまた走りだした。

「カンナギィ……カンナギィ……」

影の巨人たちが、雷のような声を轟かせ、こっちに向かって進みはじめるのが見えた。すると校庭のあちこちの物陰からぞわぞわと黒い土蜘蛛の群れが現れて、影の巨人の足元に集まりはじめた。

土蜘蛛の群れをひき連れ、八体の影の巨人たちがやってくる。

——また後にはその八の雷神に、千五百の黄泉軍を副へて追はしめき——。

ほころびを求めて走るアレイの脳裏に、また『古事記』の一節が浮かんだ。

出口は、どこだ⁉　黄泉比良坂はどこにある⁉

アレイは心の中で叫びながら、プールの横を走りぬけた。

13 ほころび

　プール横を走るアレイたちの右手に伸(の)びるフェンスは、栗栖(くるす)の丘学園(おかがくえん)の敷地(しきち)と町を隔(へだ)てる南の境界だ。プールの南東の角を曲がり、アレイたちはそのままフェンス沿いに体育館の裏に向かった。

　しかし、ほころびは見当たらない。こんなふうに走っていて、見つけられるのだろうかと、アレイは不安になった。余分な教室がひとつ出現していた前回と違(ちが)って、もし今回のほころびが、もっと小さくて、もっとささいな相違点(そういてん)だったとしたら、見逃(みのが)してしまうかもしれない。

　いや、きっと見逃してしまうだろう――。

　アレイは走るスピードをゆるめた。

「どうした？　なんか、見つけたのか？」

　アレイを追いぬいたQが、ハッと気づいて足を止め、勢いこんでたずねる。

「……見つからない。……もっと、ゆっくり行こう」

「でも……、あいつらが来るよ」

ヒカルが不安げに背後をうかがって言った。

「わかってる」

アレイは、もどかしい思いで答えながら足早に歩を進め、必死にあたりに目を配る。

「わかってるけど、走ってたら、見つけられないから……。いくら逃げ回っても、ほころびが見つからなかったら、ここからは出られない」

あたりに目を配りながら、ゴミ集積所に向かって歩く。

体育館裏には学園の東の境界のフェンスが続いている。建物とフェンスの間には駐車スペースが設けられ、ぎっしり車が停まっていた。その先には、車用の通用門が見える。

本当によくできた幻だ。なにからなにまで現実の世界そっくりにつくられている。アレイの心の中ではだんだんあせりがふくらんでいた。

見つけられるのか？　本当に見つかるのか？　いや、そもそも、本当にほころびは存在するのか？　この世界のどこかに――。

アレイたちは、ゴミ集積所前でもう一度、背後をうかがった。なぜか、八体の影たちはいっこうに追いついてこない。それが、かえって不気味だった。

雷鳴のような声も聞こえない。

13
ほころび

さっき四人が正面衝突した体育館の北東の角にたどりついたところで、今まで進んできた道をふり返り、それから慎重に角の向こうの体育館の北側をのぞく。しかし、そこにも影の姿はなかった。

「あいつら、どこに行ったんだ?」

Qが、ひそめた声でささやいた。

「わからない……」

アレイは答えながら、胸にふくらむ不安をのみこんだ。なにか、いやな感じだ。なんとなく、おかしい――。

「どうするの?」

ヒカルがたずねたが、アレイにも、どうすればいいのかはわからなかった。

ハルコが通用門をふり返りながら口を開いた。

「ね、この、自動車用の通用門。ここから外に出られたりしません?」

「無理」とアレイが首を横にふり、Qがそのあとに続けた。

「霧に触るとヤバいんだ。恐怖が体にしみこんでくるから」

「恐怖が体にしみこむって」と聞き返すヒカルにアレイが説明した。

「どうもこの霧は毒性を持ってるらしいんだ。たぶん恐怖を誘引する物質かなにかが、この霧の中に含まれてるんだと思う。麦角から分離されるゼルギン酸ジエチルアミドが幻想や幻覚を誘引するみたいに、黄泉ツ神のカクレドを包む繭を形づくってる霧の中には、俺たちの恐怖を呼び覚まし増長させる物質が含まれてるんだ」

「だから、どういうこと？」

ヒカルがイライラとアレイの言葉を遮る。

「もっと、ちゃんと、わかるように言ってって言ってるでしょ。ナントカ酸アミドなんてどうでもいいから、結局、どういうことなの？」

アレイは息をひとつ、吸って、吐いて、それから言った。

「だから、霧の中には入れないってことだよ。あの中に入って、恐怖を呼び覚ます誘引物質を大量に摂取すると、俺たちはみんな、もっとひどい恐怖に晒されて、そのままいくと、たぶん……」

言い淀むアレイにハルコがたずねた。

「たぶん、どうなるの？」

心を決め、アレイは最後の言葉を口に出した。

「恐怖に殺される――」

「恐怖に、殺される？」

くり返したヒカルと、蒼ざめたハルコが顔を見合わす。

Qが大きくうなずいてアレイを見た。

「そうだ。そんな感じだ。恐怖に殺されそうになったんだ、俺。あんなの耐えられねぇって。絶対、無理。ここをつっきるのは無理だ」

「じゃあ、どうするの？　学校の周りは霧だらけなのに、どこからも外に出られないってこと？　どうやって、逃げだすの？」

ハルコが泣きだしそうな声で言って、答えを探すように、みんなを見回す。

「だから――」

辛抱強くアレイは言った。

「ほころびを見つけるしかないんだって。それしか脱出方法は、ないんだ」

「ほころびなんて、ないじゃない!!　こぉんな広い学校中から、本物の学校と違ってるとこを見つけるなんて無理！　あんな、バケモノがうろついてるのに！」

とうとう泣きだしたハルコが、感情に任せてどなりちらした。

――ほころび――。

もう一度、心の中でくり返したとき、なにか引っかかるものを感じた。なにかを見落としている気がする。とても重要な、なにかを――。

さっきカクレドに送りこまれたときは、東側校舎の教室を目指すことに心を奪われ、この周囲には目を配っていなかった。改めて体育館裏を見つめるアレイの目が、今なにか違和感をキャッチしていた。

アレイは、しゃくりあげているハルコの前で、もう一度、ゆっくりとあたりの風景に目を配った。

東側のフェンス、体育館の壁、ゴミ収積所、駐車スペースにぎっしり並んだ二十台の車——。

二十台……？

アレイは、ハッと息をのんだ。そのとき——。

ヒカルが、ゆっくりと視線を上げ、体育館を仰いで、「あっ！」と声をあげた。

「あそこ！　見て！　体育館の上！」

みんながいっせいに上を向く。

体育館の屋根の上に、なにかが立っていた。黒い柱のように見えるなにか。一本、二本、三本……、八本の柱が、体育館の上からじっとこっちを見下ろしている。

「……影の巨人だ……」

うめくようにQが言い、アレイたちは体育館の建物のそばから通用門のほうへあわてて後ず

13
ほころび

さった。

その瞬間八本の柱は、八本の真っ黒い滝となって一気に体育館の屋根から壁面を地面に向かって流れ落ちてきた。黒い滝の中に丸い泡のように浮かんでいるのは八つの目玉だ。

その流れが地面に届いたとたん、黒い滝は黒い影の巨人となって、アレイたちと向きあうように、次々と立ちあがった。

巨人たちの頭の真ん中には、真ん丸い目玉がひとつずつ見開かれている。

その目玉で、じっとアレイたちを見下ろし、巨人たちは嬉しげに雷鳴のような声をあげた。

「カァンンンナァギィ！　カァァンンナァギィ！」

まるで、その声を待ちかねていたかのように、建物の陰から土蜘蛛たちが、カサコソと押し寄せてくるのが見えた。どこに隠れていたのか、ものすごい数の土蜘蛛たちが黒い絨毯のように地面を埋めつくしていく。

「キャー！　キャー！　キャー！」と、ハルコが三連発で悲鳴をあげた。

アレイは、冷たくなっている指先をぎゅっと握りしめ、深呼吸をひとつして爆発しそうな心臓をなだめた。

「駐車スペースだ……」

ささやくアレイに、Qが影の巨人を見つめたまま反応した。

「なにが？」

「ほころび……」

アレイも巨人をうかがいながら、低い声で答える。

「……見つけた。駐車スペースが……あそこがほころびなんだ。本物より五台分広がってる。本当は十五台分しかないはずのスペースが、二十台分になってるんだよ」

さっきから、引っかかっていた違和感の正体が今、やっとわかった。栗栖の丘学園の体育館裏の駐車スペースは十五台分。そこに今、あるはずのない五台分のスペースが現れている。駐車スペースが五台分だけ通用門のほうに広がっているのだった。

「カァンンンナギィ……カァンナギィ……」

八体の影の巨人たちが、アレイたちの前で体をゆらしながら叫ぶ。

「じゃあ……、あそこに逃げこめば脱出できるってこと？」

ヒカルが、ひそひそ声でたずねてきた。アレイは、ちらりと駐車スペースまでの距離を目で測りながら、ボソリとつぶやく。

「……たぶん……」

「……行くぞ。一、二の、三で」

Qが言った。

「えっ？　えっ？　えっ？　一、二の、三⁉」

ハルコがパニクって、キイキイ声でたずね返す。

「行くぞって、どこに？　えっ？　えっ？」

どうやら影の巨人に気を奪われて、アレイたちのやり取りが耳に入っていなかったようだ。

「いいから、合図したら、駐車スペースへ走れ」

アレイは短く命じる。

「行くぞ」

もう一回Qが言って、アレイを見た。アレイもうなずく。

「一、二の……三っ！」

影の巨人たちがアレイたちに向かって黒い腕を伸ばすのと、アレイたちが駐車スペースに向かって駆けだしたのは同時だった。

アレイたちが足を踏みだすたびに地面を埋めようとしていた土蜘蛛たちがあわてて道をあける。

——あいつらはもう、神なんて呼べるようなもんやない——。

猿の言葉がアレイの頭をよぎる。神々の淘汰に敗れ、地の底に逃げこむこともできず、零落した一族。ただ、恐怖の匂いに引き寄せられ、本能のまま群れ、うごめく無力なものたちなのだ。きっと土蜘蛛たちは待っているのだろう。黄泉ツ神によって、カンナギたちが恐怖にからめとられ、恐怖にむしばまれるのを――。その命が失われる直前に、カンナギたちの体からほとばしる恐怖をくらおうと狙っているのだ。

体育館の角から駐車スペースまでは、ほんの五、六歩だった。

あっという間に四人は、駐車スペースの車と車の間に駆けこんだ。しかし――。

なにも起こらない。

「おい！　どうなってんだ⁉」

迫る影の巨人を見上げながら、Qが叫んだ。

「わからない！」

アレイも叫び返しながら車に背中を押しあて、こっちに向かってくる巨人を見上げた。巨人たちは、アレイたちを、その真っ黒い恐怖の腕に抱きこもうと、両手を広げ、すぐ目の前に迫っている。

「ハルク！　行け！　なんか、投げろ！」

Qがハルコに向かって、ギャアギャア叫んだ。

目を真ん丸くして巨人たちを見つめていたハルコの表情が一変した。その瞳の中に怒りの炎が燃えあがったかと思うと、ハルコは別人のような低い声で言った。

13
ほころび

「ハルクって言うなよ」

ハルコの手から、布の手提げ袋（てさげぶくろ）がポタリと地面の上に落ちた。ハルコは低く膝（ひざ）をかがめた。

そして、今までアレイが背中を押（お）しあてていた車の下に両腕（りょううで）をさしこんだ。

アレイは、目の前で、ゆっくりと白い軽自動車が持ちあげられていくのを呆然（ぼうぜん）と見つめていた。

「うおーっ！」とQが叫（さけ）んで拳（こぶし）を高くさしあげた。

「行けー！　行けー！　ハルクゥ！」

ハルコは、ついに自動車をバーベルでも持ちあげるように頭上に掲（かか）げた。

「ハルクって……」

ハルコはそう言いながら自動車をふりかぶった。

「言うなぁぁぁっ！」

という叫びとともに、自動車は影（かげ）の巨人（きょじん）めがけて飛んでいった。

「……!?」

そのとき、アレイの心の奥（おく）に、またなにかがチクリと引っかかった。

ハルコのぶん投げた自動車は、迫（せま）りくる影の巨人たちのど真ん中に、もんどりうつように落下した。湧（わ）きあがる砂埃（すなぼこり）と轟音（ごうおん）。

黒い影たちは陽炎のようにゆらめき、形を失った。しかし、昇降口で扉をぶつけられたときのように、黒い霧となって弾け散ることはなかった。ぶるぶるとゆるぎながら、また、元の形へ戻ろうとしている。

Qがわめく。

「ハルク！　行けー！　もう一発！」

アレイは、この騒ぎを見つめながら必死に考え続けていた。

なぜだ？　なぜ、脱出できない？　ほころびを見つけたのに……。そのほころびに足を踏み入れたのに、どうして、ここから脱けだせない？

すぐに、前回もそうだったことに気づいて、アレイは息をのんだ。東側校舎に出現していた余分な教室……カクレドの中のほころび……。しかし、あの正方形の教室にQとふたりで足を踏み入れたときにも、すぐに脱出できたわけではなかった。

あそこから脱出できたのは、あの教室の床に敷きつめられた四角いパネルの一枚を足で踏んだ瞬間だった。そして、そのパネルは、あの床に描きだされた魔方陣の中の唯一の間違い……唯一のほころびだ、とQは言っていたのだ。

ハルコが二台目の車を、両腕で持ちあげようとしている。一つ目の巨人たちはすでに、元どおりの姿に、形を整えようとしていた。

アレイは、ほころびの中のほころびを求めて視線をさまよわせた。

さっきハルコのぶん投げた車が裏返って体育館の壁際に転がっている。その白い軽自動車のテールランプの間に取りつけられたナンバープレートの数字がアレイの目に飛びこんできた。

おかしい！

さっき胸の奥にチクリと引っかかったのはこれだったのだと気づく。

プレートの上段には地域名と、三桁の数字。そして下段にはひらがな一文字のあとに、五桁の数字が並んでいる。こんなことは、ありえない。一般乗用車のナンバープレートの下段の数字は、四桁が上限のはずだ。五桁のナンバーの車なんて、ない！

「行けー！　ハルク！　投げろー！」

Qのがなり声。息をひそめてハルコを見守るヒカル。

アレイは、ハルコが頭上に掲げている青いワンボックスカーを見上げた。

余分な五台の中の一台。駐車スペースの北側から二台目の車だ。その車のナンバーも、やっぱり五桁だった――。

ハルコが、ワンボックスカーを影の巨人たちに投げつけた。固まろうとしていた黒い影が、またぐにゃりとゆがんでゆらめく。

青い車はすさまじい音を立てて、白い軽自動車の隣に転がった。

二台の車のナンバープレートが並ぶ。下段の数字は、
一台目が「１２４９６」。

二台目が「１４２８８」。

なにか意味がある！　きっと、これが脱出の鍵だ！

アレイはそう確信して、Qに叫んだ。

「Q！　プレートだ！　車のプレートの数字！　数字が五桁のやつの中から間違いを見つけろ！　おまえの得意分野だろ⁉」

「え？　プレート？　数字？　得意分野？」

ハルコの怪力にみとれていたQは、キョロキョロと目を泳がせた。

アレイもQとともに、余分な五台の車のプレートを確認する。

今、ハルコが持ちあげようとしている三台目のシルバーのセダンのナンバーは「１４１５９」。

四台目のミニバンが「１４５３６」。

そしてラストの白いワゴン車が「１４２６４」――。

もちろん、アレイには、五桁のナンバーが不自然だ、という以外、なにが間違っているのかさっぱりわからなかった。

13
ほころび

しかし、Qには瞬時にそのほころびがわかったようだった。

「社交数だ！」

「なに⁉」と、聞き返したのはヒカルだった。

Qが嬉しげに叫ぶ。

「このプレートには、五つの社交数が並んでる！　でも、三台目のプレートの数字が違ってる。三つ目の数字は『１５４７２』じゃないと、約数の和が一周しない！」

「三台目って？　今、ハルコが持ちあげてる、あのシルバーの車か？」

アレイがたずねる。

「そう！　あれ、あれ！　あのプレートの数字は『１４１５９』じゃなくて『１５４７２』じゃないといけないんだ。つまり社交数っていうのはさ……」

「説明はいいから！」

アレイはどなった。そして、次にハルコに向かって叫んだ。

「ハルク！　いや……大石！　その車、投げるな！　下ろせ！　それが脱出口だ！　ほころびなんだ！」

「田代先輩も、ハルクって言った」

ハルコが、低いすごみのある声で言ってアレイをにらんだ。車はまだ頭の上に持ちあげたままだ。アレイはハルコが怒りに任せてセダンをぶん投げるのではないかとハラハラした。

「大石！　下ろせ！　とにかく車を下ろせ！　文句は、あとで聞くから――。もう、ハルクって言わねぇから！」

「ハルちゃん！　落ちつこ。車、下ろして！」

ヒカルも横からハルコをなだめる。

ハルコは、ちらりとヒカルを見て、やっと車を地面に下ろしにかかった。ゆっくりと腰をかがめ、シルバーのセダンを地面に近づけていく。

「元どおりにな。元の場所に下ろせよ」

アレイは横から注文をつけた。

影の巨人たちはもう、元の姿に固まって、一つ目玉をぎょろつかせ、黒い腕をアレイたちのほうへさしのべようとしている。

「カアンンン、ナァ、ギイイイ……」

「いいか……。車に乗るぞ！　地面に車が下りたらすぐに、乗りこめ！」

「鍵、しまってたら？」とヒカルがたずねる。

「大丈夫だ！　ほら、開いてる！」

地面に下ろされようとしている車のウィンドウをのぞいてアレイがそう言ったとき、黒い巨人たちの腕がいっせいにアレイたちのほうへ伸びてきた。

「カアンンン、ナ、ギィイ……。

カアンンン、ナァ、ギィイイイ！」

「乗れ！」

やっと四人の真ん中に下ろされたセダンの運転席のドアに飛びついて、アレイは叫んだ。ヒカルが助手席のドアのノブを引っぱる。Qとハルコも、後部座席の左右のドアを引き開けた。

車の中に乗りこもうとする四人の体に、黒い影の手がからみついた。

「カアンンンン、ナァァァ、ギィイ」

「カアンンンン、ナァァァ、ギィイ」

雷鳴のような声を轟かせる影の巨人たちの腕が追いすがってくる。

黒い影の手がまとわりつく右肩が、じんとしびれるような気がした。

次の瞬間――。

アレイの体を恐怖が貫いた。一瞬にして自分が漆黒の闇のような恐怖にのみこまれるのがわかった。体中の神経がキリキリと悲鳴をあげ、血が逆流するかのようなおそろしい冷たさが指先をはいのぼってくる。心臓は空しく早鐘を打ち続け、今にも破裂してしまいそうだった。

真っ暗になった目の前に、どろどろと渦巻く邪悪なイメージが押し寄せてくる。

気がつくとアレイは叫んでいた。恐怖が悲鳴になって口からあふれだす。Qも、ハルコもヒカルも叫んでいる。みんな、影の手に捕らわれたのだろう。

——ドアを……閉めないと……。

頭を満たす冷たい闇の底のどこかで、理性がつぶやいている。でも、体が動かない。いや、体は少しずつ傾いて、車の外へ引きだされようとしていた。

——だめだ！　だめだ!!　だめだ!!!

しかしあらがおうとしても意志の力が恐怖に阻まれて体に届かない。

ヒカルが助手席の床にぎこちなく手を伸ばそうとしているのが見えた。見ると、黒いケースがすべり落ち、中から分解されたフルートが転げだしている。

なぜ、こんなときにヒカルがフルートを気にするのか理解できなかった。それほど、フルートが大切なのだろうか？

あふれ出る恐怖の匂いに誘われた土蜘蛛たちがフロントガラスにも、ウィンドウにも、びっしりと張りついている。もうすぐ影の巨人たちのすきをついて、あいつらは車内に入りこんでくるだろう。いや、それよりも先に、アレイたちが車の外に引きずりだされてしまうかもしれない。アレイの体は影の巨人の腕に引っぱられるように少しずつ傾いていた。

ヒカルがとうとうフルートを拾いあげた。震える手で必死にパーツを組み立てている。そし

13
ほころび

てヒカルは悲鳴をのみこみ、大きく息を吸って、吹き口に唇をあてた。

銀の横笛が弱々しい音を鳴らした。

聞き覚えのある五つの音階――。さっきヒカルが歌っていたメロディだ。
ミ、ド、ファ、ド、ソー。
そのとき、なぜか体を縛っていた恐怖が和らいだ。まるで、フルートの音に打たれたように、影の巨人たちがサッと腕を引っこめたのだ。

ヒカルがもう一度、同じメロディを奏でた。さっきより強く、さっきより高らかに――。

リュ、リュ、ラ、ル、ラー。

フルートが鳴った。五つの音階を歌った。

「ドア、閉めろ!」

恐怖から解き放たれたアレイは、ハッとして夢中で叫んだ。みんなが、四枚のドアを同時に閉める。バタン、バタンと音を立てて、セダンの四枚の扉が閉まったとき、車の中の空気がぐにゃりとゆがむのがわかった。

もう、影の巨人たちの声は聞こえない。見回すとウィンドウに張りついていた土蜘蛛も消えている。

「戻ったのか?　俺たち、脱出できたの?」

バックシートのQが確かめるように静かになった車の外をうかがっている。

気が抜けたのかハルコが泣きだした。

助手席のヒカルは放心したように、握りしめたフルートをじっと見つめている。フルートを持つ手がまだ少し震えていることに、アレイは気づいた。

そうか……。音楽か……。これが、ヒカルの能力なのか……。

何気なく聞き流していた妹のアキナの言葉を思いだす。

──岡倉先輩ってさ、すっごくピアノうまいんだよ。超むずい曲でもいっぺん楽譜見たら、次にはもう暗譜で弾けちゃうの──。

そうだ。きっと、そうだ。神に愛でられし者。ウォルフガング・アマデウス・モーツァルトのように。ルートヴィヒ・ヴァン・ベートーヴェンのように、神から音楽の才を与えられた楽聖なのだ。

まだフルートを見つめているヒカルに、アレイはそっと質問を投げかけた。

「さっき、なんで、フルート吹いたんだ？」

ヒカルは驚いたように顔を上げ、アレイを見る。

「なんでって……」

ヒカルはアレイから目をそむけ、答えを探すように視線をさまよわせると口を開いた。

13
ほころび

「……また、あのメロディが聞こえてきたからよ。さっき、恐怖で息が詰まりそうになったとき、また、あのメロディが聞こえてきて……そしたら、少しだけ呼吸が楽になったの。ほんのちょっと、痛みが和らぐみたいに、恐怖が薄れて……。だから……、なんていうかあのメロディを吹けば、恐怖を追いだせるかもって思ったの」

バックシートからQが身を乗りだしてきた。

「でもさ、でもさ、フルート吹いたら、なんであの影の巨人は手を引っこめたんだ？　そのフルート、超音波とか出せるのか？」

「出せないわよ」

ヒカルは、たちまち不機嫌になってQをにらむ。

「出せるわけないでしょ。わかってんの？　これ、学校から借りてんのよ。超音波機能つきのフルートなんて、学校に置いてあるわけないでしょ？」

Qが口をとがらせる。

「じゃ、なんで、影を撃退できたんだよ。あいつら、フルートの音が苦手ってことか？」

Qとヒカルが自分のほうを見ていることに気づいて、アレイはしかたなく口を開いた。

「なぜ、影の巨人がそのメロディを聞いてひるんだのかはわからない。そのメロディが、どうしてヒカル……いや、岡倉にだけ聞こえるのかも謎だ――。でも、きっと……」

アレイは言葉を探して黙りこんだ。車の中に永遠のような沈黙が流れる。

「きっと……」

アレイは、ゆっくりと心の中の思いを吐きだした。

「これも、神の作戦の一部なんだと思う。天ツ神の作戦の……。天ツ神は、黄泉ツ神の侵入を防ぐために、ここに七柱のカンナギを集めたって猿は言ってた。カンナギは、それぞれ、神から与えられた能力を持っている。俺の記憶力も、Qの数学の才能も、大石の人並みはずれた腕力も、そして岡倉の音楽の天分も……。天ツ神が求めたから、俺たちは今、ここにいる。天ツ神は俺たちのこの能力を使って、黄泉ツ神の侵入を防ごうとしているんだ。黄泉ツ神を地の底に追い返そうとしてるんだ。カンナギは、天ツ神が配備した抑止力なんだからな。俺たちはまだ、天ツ神の作戦を知らない。ただ確かなことは俺たちがその作戦の一部だってことと、それから……」

アレイは、隣にいるヒカルと、バックミラー越しに見えるQとハルコを順に見つめた。

「俺たちが、まちがいなく、カンナギだっていうことだ。神が集めた七柱のうちの、四柱のカンナギ。もう一柱は猿——」

「あと、ふたりは、どこにいるの？」

ハルコが洟をすすりながら質問する。

「この学園のどっかだ」

そう答えたのはQだった。

アレイもうなずく。

「そのふたりを、見つけないとな。そいつらが黄泉ツ神のカクレドに送りこまれる前に」

ヒカルが、かすかに首をかしげた。

「あ……、また聞こえる。あのメロディが頭の中に流れこんでくる。……待って……」

なにかをつかまえようとするようにヒカルの目が宙を見つめる。驚いたように、その目を大きく見開き、ヒカルはつぶやいた。

「今度のメロディは、もっと長いわ……。どこまでも続いてる……。なんなの？　この歌？

これは……これが……天ツ神の歌なの？」


〈つづく〉

富安陽子

Tomiyasu Youko

東京都生まれ。和光大学人文学部卒業。25歳でデビューし、1991年『クヌギ林のザワザワ荘』で日本児童文学者協会新人賞、小学館文学賞、1997年「小さなスズナ姫」シリーズで新美南吉児童文学賞、2001年『空へつづく神話』で産経児童出版文化賞を受賞。『やまんば山のモッコたち』がIBBYオナーリスト2002文学作品に選出される。『盆まねき』で2011年、第49回野間児童文芸賞、2012年、第59回産経児童出版文化賞フジテレビ賞を受賞。

引用出典／『古事記（上）全訳注』次田真幸（講談社学術文庫）

天と地の方程式 1

2015年8月 6 日　第 1 刷発行
2024年2月20日　第13刷発行
著者 ――――――富安陽子
画家 ――――――五十嵐大介
発行者 ―――――森田浩章
発行所 ―――――株式会社講談社
〒112-8001 東京都文京区音羽2-12-21
電話　編集　03-5395-3535
　　　販売　03-5395-3625
　　　業務　03-5395-3615
印刷所 ―――――株式会社精興社
製本所 ―――――島田製本株式会社
本文データ制作――講談社デジタル製作
KODANSHA

N.D.C.913 252p 20cm　ISBN978-4-06-219566-9